中国历代通俗演义故事·农闲读本

施公案

原著　佚名
编著　孙千峰
插图　姚博

吉林出版集团股份有限公司

图书在版编目（CIP）数据

施公案／孙千卉改编.—长春：吉林出版集团股份有限公司，2008.11(2023.8 重印)

（中国历代通俗演义故事：农闲读本）

ISBN 978-7-80762-937-5

Ⅰ.施… Ⅱ.孙… Ⅲ.侠义小说—中国—清代—缩写本 Ⅳ.I242.4

中国版本图书馆 CIP 数据核字(2008)第 165845 号

SHIGONG AN

书 名	施公案	
出版策划	崔文辉	
责任编辑	徐巧智	
出 版	吉林出版集团股份有限公司	
	（长春市福址大路 5788 号，邮政编码：130118）	
发 行	吉林出版集团译文图书经营有限公司	
	(http://shop34896900.taobao.com)	
制 作	猫头鹰工作室	
电 话	总编办 0431-81629909 营销部 0431-81629880	
印 刷	三河市金兆印刷装订有限公司	
开 本	889×1194 毫米 1/32	
印 张	6.25	
字 数	101 千字	
版 次	2008 年 11 月第 1 版	
印 次	2023 年 8 月第 2 次印刷	
标准书号	ISBN 978-7-80762-937-5	
定 价	38.00 元	

（如有印装质量问题请与出版社调换。联系电话：18533602666）

前 言

　　《施公案》是一部晚清公案小说，又名《施案奇闻》《百断奇观》《三公奇案》《清烈传》，正本共九十七回，一般被称为"前套"；九十七回往后一直到五百二十八回是后人续写的，被称为"后套"。据考证，《施公案》的故事脱胎于说书人所讲的评书，后来经过文人的加工整理而成，成书时间大概在乾隆、嘉庆年间。

　　小说的主人公施仕伦在历史上是确实存在的，他字文贤，号浔江，是晋江县衙口乡人。他的父亲施琅本来是郑成功军中一员得力大将，后来却归顺了清朝，被清帝封为靖海侯。施仕伦是施家的老二，因为他父亲是靖海侯，所以他没有经过科举考试，直接就被朝廷封为江苏泰州知州，当时是康熙二十三年（1684 年），施仕伦年仅二十六岁。虽然"施公"施仕伦这个人物是真实的，但是书中施仕伦断公案、擒匪徒的情节大多都是虚构的。小说从施仕伦做扬州府江都县令写起，到最终带领一群英雄豪杰从琅玡山夺回夜光杯为止。《施公案》的故事内容基本分为"审案"和"剿匪"两部分，两部分内容交织在一起，形成了以施仕伦为中心的情节网和人物网，内容比明代公案小说要更复杂一些。

　　《施公案》在人物方面，主要刻画了黄天霸、关小西、贺人杰等几个英雄侠客的形象。施仕伦则常常像一位幕后高人一样，让这群武艺高超、性格刚烈的大侠客为自己鞠躬尽瘁、不辞劳苦地铲除地方恶霸。《施公案》标志中国公案小说和侠义小说的合流，在它之后陆续出现了《三侠五义》《彭公案》等著名的公案侠义小说。《施公案》宣扬的"惩恶扬善"思想，迎合了平民百姓期盼"救世主"、"包青天在世"的心理，所以在当时产生了很大的影响。我国京剧里《恶虎村》《落马湖》《连环套》等数十出有名的剧目，都与《施公案》中的故事有关。

　　值得一提的是，在吉林市北山公园的庙会上，药王庙里老百姓最感兴趣的就是"十不全"。"十不全"瘦小干枯，面貌丑陋，额头贴着膏药，脖子上挂了一串咸菜疙瘩，七八根高粱秆做的拐棍支撑着他的瘸腿。"十不全"就是施仕伦，也叫"施不全"，因为他从小体弱多病，而且丑陋不堪，所以康熙帝戏耍地称他为"施不全"。民间取谐音叫他"十不全"，还传说病人如果虔诚地祈祷，他就会舍己为人，把他人的疾病转接到自己身上。庙会上"十不全"的香火这么旺，可能也是得益于《施公案》把施仕伦塑造成了一位全心为民的好官。

　　《施公案》全本124万字，由于篇幅所限，作者一开始本来只想改写到正本九十七回结束就告一段落，但续本中"窦耳墩盗御马"、"八蜡庙"等精彩情节又实在难以割舍，所以只好在不影响故事结构的前提下，对庞大的人物体系和支线情节进行了适当的缩减，希望尽量能呈现给读者一个比较完整的《施公案》。

编　者

目录

第一回

胡秀才鸣冤
施仕伦破人头案

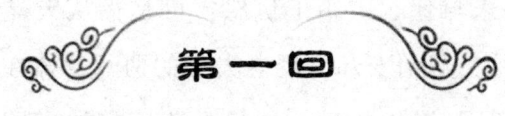

康熙年间,可谓是风调雨顺,国泰民安。当时的扬州府江都县县令姓施名仕伦,字文贤,乃是名将之后,他的父亲便是为大清朝收复台湾的靖海侯——施琅大将军,施仕伦是他的第二个儿子。施仕伦为官秉公执法,清正廉洁,不畏权贵,为民着想,在百姓间有着"施青天"的美誉,康熙爷更称赞他为"江南第一清官"。正所谓金无足赤、人无完人,这位施公虽然德才兼备,长相样貌却十分丑陋,还是个罗锅儿,所以康熙皇帝曾经开玩笑地叫他"施不全",意思就是说他面相五行不全,笑他实在长得难看。施仕伦隶属八旗中的镶黄旗,住在北京城鼓楼东面的罗锅巷,传说这条罗锅巷就是因施仕伦的罗锅儿而得名。

话说施仕伦刚上任不久,一天在县衙里正升堂,忽然听见衙门外面有人喊冤,施仕伦便叫衙役把喊冤的人带上堂来。只见这喊冤的人气质斯文,举止得体,来到堂上先是鞠了一躬,然后递上了状书。原来这喊冤之人是江都县的一名秀才郎,叫胡登举,他的父亲是位老学士,告老还乡之后回到江都县广行善事,经常去寺里布施,心慈念善,非常同情穷苦

1

百姓,也并未与什么人结下仇怨。可是祸从天降,这天清早胡秀才去给父母请安却发现老夫妻的两具尸体在床上,二人的头颅却没了踪影,胡秀才心里是悲愤交加,但对于凶手是谁却半点头绪也没有,这才跑来县衙喊冤,希望施公能抓住凶手,为父母报仇。施仕伦看完状书后心中暗暗吃惊,心想:"胡翰林夫妇应该是在夜里被神不知鬼不觉地残忍杀害,照理说歹人半夜闯入,非奸即盗,可凶手杀了人却没拿胡家任何财物,还把死人的头颅带走了,这显然是来寻仇的人干的,但是胡秀才却又说老夫妇没有什么仇人,想要破这无头案就好比不给题目就让人写文章,真让本官无从下手。"施仕伦心里虽然为难,当时也只能一边派官差去验尸,一边安抚胡秀才,让他回家等检验完尸体,先把尸体入殓。

退了堂,施仕伦回到内书房又反复读了几遍胡秀才的状书,可也没找到什么对破案有帮助的细节,心里烦闷得很,随手拿起一本《拍案称奇》来读,希望能从这前人古书中找到一些能和这无头案相对证的案例,也好早日了结这桩怪案。施仕伦仔细地看了大半本,迷迷糊糊地竟然趴在书案上睡着了,梦中看见窗外墙头上落着九只黄雀,叽叽喳喳地叫个不停,施仕伦正看着九只黄雀,又听见地上哼哼唧唧的猪叫,原来又有七只油光光的小猪,冲着施仕伦乱叫,只见九只黄雀飞到墙下和七只小猪在一起你叫我拱,好不热闹。这时突然起了一阵怪风把猪、雀全卷走了,施仕伦大叫:"真是奇怪!"从梦中惊醒后,回想刚才梦里的黄雀和小猪,觉得实在真实得匪夷所思,忙把家仆施安叫到跟前问他刚刚有没有感觉到什么异常，施安只说有阵阴风刮过墙去，施仕伦听了更是觉得刚刚的梦境一定暗藏着什么玄机，连忙派了两个衙役去打探"九黄、七猪"的消息。

可是这"九黄、七猪"哪是轻易就能找到的，派出的两个衙役思来想去也没弄明白这"九黄、七猪"究竟是人名还是物品，更别说打探消息了，一连过了五天，还是一点头绪都没有，二人自知再这样拖下去上面一定会怪罪下来。这天正好赶上七月十五，往年观音寺办庙会，人多嘴杂正是查探消息的好机会，两人一商量，决定扮成乞丐到关外莲花院庙中走走。到了莲花院，原来并没有庙会，正好庙中走出两个小和尚，大的十五六岁，小的只有十一二岁。这两个和尚看见假乞丐衣着破烂心生同情，猜他俩是想赶庙会讨点吃的，就让两个乞丐帮忙打扫完，答应施舍他们顿饭吃。两个衙役接了笤帚一边扫一边问小和尚："为什么做和尚？师傅叫什么名字？"小和尚回答："因为自小体弱多病才做了和尚，师傅功夫了得，人称'九黄僧人'。"两个衙役心中暗暗高兴，这"九黄"原来是个和尚。这时一个挑夫挑着担子进了庙门，衙役看到担子里面不仅有蔬菜瓜果，竟然还有鸡鸭鱼肉，连忙问小和尚："挑这些东西进庙还不是办庙会，难道是要请客吗？"年纪比较大的和尚还知道再多说师傅会责罚，可年纪小的那个才不过十一二岁，哪懂什么该说不该说，赶紧炫耀道："我说了二位穷大哥可千万不要告诉别人，我们师傅身手了得，飞檐走壁都不在话下，最喜爱结交江湖英雄。今天就是我家师傅做东请客，正好缺两个劈柴烧火的，你们两个真该借这个机会见见我们师傅这个大豪杰!"两个衙役正愁没有机会进庙里刺探情况,听了小和尚的话赶紧答应:"那实在是我们两个的荣幸,要不两位现在就带我们进去见见尊师,要是他老人家同意留下我们烧火劈柴,我们还要多谢两位小师傅的引荐啊!"这小和尚心无城府,快嘴答道:"我们师傅今早进城去尼姑庵了,那有个法名'七珠'的尼姑是我师傅的干妹子,她所在的尼姑庵是我师傅为她买的,武艺也是我师傅教的。"大一点的那个和尚见他口无遮拦赶忙骂道:"记吃不记打的东西,又说瞎话,让师傅知道了把你筋打断!"

两个衙役终于探到了"九黄、七珠"的消息,并且将计就计在九黄庙中劈柴烧火,摸清庙中底细。原来这九黄是因为背后有黄豆大的九个瘊子,所以得了个诨号叫"九黄";七珠是苏州女子,被他先奸后拐到此地,因为胸前有七颗黑痣得名"七珠"。恶僧九黄庙中还有十二名无恶不作的贼寇,正是九黄所请的客人。两人连夜把情况报告了施大人,施仕伦料定这恶僧、淫尼肯定与城中的命案有重大牵连,于是一方面命两个衙役继续留在庙中;一方面派两个差人,让他们到九黄、七珠那去请僧尼来城中办吉祥道场做法;并且暗中召集兵马,设下圈套准备活捉九黄、七珠与十二贼寇。

且说两个差人分别到了九黄的莲花院和七珠所在的尼姑庵,表明了身份,说施仕伦施大人要在城中办吉祥道场,特地请九黄、七珠前去做法。恶僧、淫尼心中虽然怀疑,但毕竟施仕伦是地方官员,差人的态度又很是恭敬,既然自己是出家之人,施仕伦提出进城做法事的要求也并不过分,何况僧尼都是武艺出众,庙中又住着十二个江湖兄弟作为接应,万一有诈,也不怕不能逃脱,于是九黄、七珠就接下了法事,让两个差人回衙门复命。

施仕伦如何布下抓捕恶僧、淫尼的圈套暂且不提,就说这天大早施仕伦正升堂,忽然听见衙门外喧哗吵闹,正纳闷儿的工夫,只见两个中年男子互相谩骂扭打着就上了正堂,两人都被对方打得满脸又青又紫,袖子、领子也都被扯破了。施仕伦大声训斥道:"大胆刁民,怎么如此不懂规矩,告状就告状,这么吵吵嚷嚷像什么样子! 讲不清原由本官可要用刑了!"一听说要用刑,两人顿时吓得规规矩矩不敢再吵闹,说起了打架的原因。原来这二人一个叫朱有信,一个叫刘永,本来互相不认识,这刘永是钱庄掌柜,朱有信去他的钱庄兑了九两八钱的银子,刘掌柜正用秤称银子的时候,朱有信忽然看见自己很久没见的舅母路过,赶紧放下银子跑去叫舅母,两人聊了几句之后朱有信回到钱庄里取银子,刘掌柜却说从没见过朱有信的银子,朱有信明知这刘永是想要赖不认账却又讨不回自己的九两八钱银子,刘永反咬一口说朱有信故意讹诈,破口大骂,于是两人打成一团,一路打到了衙门里。堂上两人也是各执一词,谁都不肯让步,一个要银子,一个说对方敲诈,说着说着又乱作一团。

施仕伦听二人说完,心中有了主意,先责怪朱有信道:"你这人真有点儿不讲理了,谁不知道这世界上最最重要的东西就是钱财? 钱财最需要好好保管,你自己不小心把银子弄丢了是你自己的问题,你错在先,怎么还好意思到本官这来告状啊!"这朱有信听了气得哇哇直叫,施仕伦也假装发怒,叫衙役把朱有信拉到后堂去,等下再审。施仕伦又把刘永叫到跟前说:"你如果真的没拿朱有信的银子也就不算有罪,但是本官现在让你做的事你要是不听,本官就要重重地罚你!"于是叫刘永伸出手掌,在上面写了"银子"两个字,写完笑着吩咐刘永去衙门外台阶下面跪着,不许东张西望,只能看着自己手上写的"银子"两个字,如果擦掉了一点就要重罚,不但要把银子赔给朱有信,还要打板子。刘永虽然不甘心,但也不敢不照做,只好乖乖地去跪着,施仕伦赶紧叫衙役去把刘永的老婆带到衙门里来问话。

刘永的老婆上堂施了礼,施仕伦见她气质不俗,猜她应该也是大家闺秀,恐怕不好对付,就说:"你丈夫欠了官府的银子,他说本官可以朝你要这些银子,你快快把银子交还官府。"刘永的老婆一听这话,连忙说:"大人这说的是什么话,我丈夫才是一家之主,他欠官府的银子当然要他来还,我一个妇人家哪有银子还给您呢?我是清白人家的小姐,您就这么把我传到衙门里来,抛头露面的岂不是让人笑话!知道的说是我丈夫连累了我,不知道的还以为我做了什么见不得人的事,以后左邻右舍的不知道会说出什么难听的话呢!大人是一县之长,是百姓的父母官,不为民做主却来难为妇人家,真是糊涂!"施仕伦被这妇人一顿数落却也没有生气,反倒笑着说:"你也别觉得本官委屈你,你自己做了亏心事,早晚会被揭穿。你丈夫不还官银，我罚他跪在衙门外的台阶下，你等我叫人问他有没有银子还给官府，你就不会觉得冤枉了。"于是跟公差吩咐了几句，只听公差朝刘永喊道："刘永啊！施大人问你，还有没有银子？"刘永还以为问手里写的"银子"两个字，赶紧大声回答："有银子，有银子！没敢动！"施仕伦听到后，大声质问刘永的老婆："你这泼妇，听没听见你丈夫说有银子？所以他才让本官传你来还银子，本官料到你家里一定有银子，你还想抵赖？我也不追究你的责任了，但是既然你都不念在夫妻的情分上把银子拿出来替你丈夫还债，本官可就不客气了！刘永欠债不还，连他老婆都不可怜他，这回一定要从重发落！来人，大刑伺候！"说着一拍惊堂木，叫左右衙役拿着夹棍要给她丈夫上刑。那妇人本来就有些沉不住气了，施仕伦惊堂木这么一拍，早已吓得魂不附体，扑倒在地一边磕头一边说："大人别用刑，我说就是了。"原来当时刘永把朱有信的银子用布包好交给了他老婆，只是叫她收起来，并没有告诉她从哪来的，一共有多少，只是叮嘱她千万不要告诉别人，所以施仕伦一开始问她，她不敢说，后来亲耳听刘永说有银子，加上丈夫又要受刑，才说了出来。施仕伦把刘永和朱有信都叫上堂，当面对了质，让刘永把银子如数还给了朱有信，又另罚了五两银子以示警诫。这朱有信和刘永之间的银子案才刚了结，又见一个身着绫罗绸缎、面貌清秀的俏公子上堂来告状。施仕伦问他有什么冤情，他说冤情没有，只是有件事情又奇怪又恐怖，所以上衙门来报案。原来这人叫王自臣,家对门是一座地藏尼姑庵,昨天家里生意繁忙,王自臣夜里三更才到家,敲门的时候抬头一看,竟然看见对面尼姑庵的门上挂着一男一女两个人头,顿时吓得魂不附体,赶紧关上家门,一直到早上才敢出来,正想找庵里的老尼姑问个清楚,却发现人头不见了。王自臣觉得事情实在太奇怪,所以特意来衙门报案。施仕伦听了王自臣的话,心里明白了八九分,料想这两个人头与胡翰林夫妇无头案有紧密关联,正好抓捕九黄、七珠和十二贼寇的圈套都已经布置就绪,施仕伦打定主意先办完假法事,抓住疑犯,再找这两个人头不迟。

施仕伦与九黄、七珠相约办法事这天,两个恶人到了城里,在法坛上被施仕伦预先布置好的官兵逮了个正着,关押在牢里。恶僧、淫尼还满心盼望那十二个江湖兄弟前来搭救他们二人,却不知他们自己和十二个贼寇早被施仕伦摸清了底细,那两个扮成乞丐的衙役埋伏在九黄庙中,暗中观察,发现这十二个贼寇都嗜酒如命,无酒不欢,于是借着烧火劈柴的掩护,把蒙汗药下在了酒坛里,时机一到,庙里的俩衙役就与庙外等候的官兵里应外合,把十二个作恶多端的贼寇绑了个结结实实,押回了衙门。

疑凶已经落网,施仕伦于是叫人把地藏庵的老尼姑带来堂上,和王自臣对质。王自臣一见老尼姑就埋怨说:"老人家,咱们两家也是多年的邻居了,你快说实话,你庵门上挂的人头哪去了?"施仕伦假装生气地骂道:"你这奴才,这大堂之上哪有你问话的份儿,你把本官摆到哪去了?"更叫人把王自臣赶到了后堂去。又说了些给老尼姑宽心的话:"老妇人不必害怕,这件事在本官看来没什么了不得的,人要是你杀的你肯定不会把头挂到自己门上。我想你一定是开门看见人头心里害怕偷着藏起来了吧。"老尼姑虽然浑身哆嗦个不停,但仍是说没见过什么人头。施仕伦叫来王自臣,又向他核实了一遍事情的经过,王自臣发誓自己所说没有半点儿虚假,要是有一句不真就甘愿受罚,于是施仕伦叫左右公差拿出刑具。老尼姑本来就又惊又怕,见施大人马上就要上刑辨真假,赶紧说道:"大人,小尼招了! 小尼开门,的确看见两个人头,心中一时怕得不行,就给了老道五两银子让他把人头扔到荒地去了。"施仕伦又叫人逮了老道来问话,问来问去才知道原来老道虽然拿了老尼姑的银子,却也害怕提着人头到处走会被撞见,哪敢跑到野外去扔,随手就扔到隔壁的院子里去了。

这隔壁的院子是一家杂货铺子的后院,公差听施大人的吩咐带了铺子的店主人和一个伙计回到了衙门。施仕伦问店主:"老道往你家院子里扔了两个人头你是不是看见了?本官知道人不是你杀的,你尽管说实话。"那店主人回话说:"小的姓刘叫刘君配,别说我了,家里的十多个伙计没一个人看见院子里有人头啊!"施仕伦只好问那个叫王公弼的伙计,也说没看见人头,但王公弼却说同一天的清晨,自己的表弟往后院去了,之后就再没见过他的踪影,说到此处还痛哭起来。施仕伦心里纳闷儿，人头不见了也就罢了，怎么又生出这样的怪事，暗想这肯定不单单是巧合。施仕伦在心中如此这般地把事情一件件理了理，总算明白了其中隐情，赶紧问伙计，怎么知道表弟往后院去了，伙计说是东家告诉自己的，东家说表弟从后院的墙头翻了出去，然后就不见了。

原来店主清晨起床上茅房，看见自家后院竟然有两个人头，吓了个半死，心中正害怕有人看见，却正好遇到了伙计的表弟，那表弟财迷心窍，敲诈店主许多银子，说不给银子就要告发店主杀人，店主不甘心因为这种飞来横祸而被敲竹杠，起了杀意杀死了这个表弟，趁着没人看见又把人头藏了起来。

施仕伦让店主带衙役找回了两个人头，并让胡秀才前来认头，胡秀才一见这一男一女两个人头顿时失声痛哭，原来这两个人头正是从胡翰林夫妇尸体上砍下的。整个案情水落石出，原来胡翰林夫妇本是七珠所在尼姑庵的施主，常来布施。有一天夫妇俩带着小姐到尼姑庵里烧香拜佛，不巧亲眼看见了九黄和七珠的奸情，场面十分不堪。七珠自己又羞又恨，九黄也替自己的干妹子愤愤不平，于是有一天，九黄酒后趁着天黑潜入了胡翰林家，杀了老两口，还砍下了人头带回给七珠解恨，也算是给干妹妹报了仇。后来，九黄进城准备法事的时候恰巧在路上遇见一个漂亮小尼姑，恶僧起了色心，看见小尼姑进了老尼姑的庵里，就把人头挂在庵门上，心想有人看见一定会报官来抓尼姑庵的主人，等庵主被抓后，自己就可以轻易进庵行凶了，只是没想到这两个人头又因为人心的贪念引出了另一桩凶案，又伤了一条人命。

无头案水落石出，施仕伦把杀人的店主投入大牢中，也擒获了作恶无数的九黄、七珠和十二贼寇，为江都县百姓除掉了一方恶霸，城中百姓无不拍手称快。消息不胫而走，绿林的一干盗贼匪寇却因为江湖朋友被抓，对施仕伦恨之入骨，计划混入江都县城行刺施仕伦。

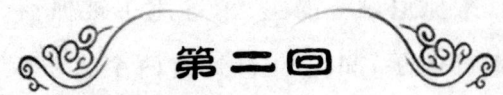

第二回
黄天霸投贤
施公智擒三水寇

话说这天天气晴朗,正好施仕伦在江都县城中巡游,所坐的轿子路过闹市,本来围观的百姓就多,道路又窄得很,轿子在前呼后拥中速度慢得不得了。施仕伦急着回县衙却偏偏赶上这种情况,动弹不得,心里真是又急又烦,忽然听见道边有人哭喊个不停,施仕伦心想:"这人真是奇怪,遇见本官的轿子不回避就算了,怎么还大声哭喊?要不是个傻大胆,就是有什么冤情吧?"于是赶紧叫公差把轿子停下,让那个又哭又喊的人上前说话。只见那人跪在轿前浑身打战,只知道不住地磕头,哪顾得上说话,施仕伦问他有什么冤情,那人才说:"小民叫王二,家住在城外郊区,爹早就死了,又没有兄弟姐妹,家里只有体弱多病的老娘,我们母子俩就靠小的一人卖豆腐维持生计。可是就在刚才,大人您的轿子经过,人群挤倒了小的豆腐摊边的石狮子,这石狮子把小的一盘白豆腐都给打碎了,小的靠什么养老娘啊!"施仕伦听完很同情他,又觉得这王二是个老实人,便暗中想了个两全其美的办法,赶紧吩咐公差:"用锁绑了那石狮子回衙门,本官倒要审审此案。"公差们一时呆住了,但是大人既然吩咐了又不能不办,只得一边抱怨一边把石狮子用绳子胡乱绑了绑，抬回了衙门。

回到衙门升了堂，文书和衙役站在两侧，堂上的施大人像模像样地朗声说道："带上喊冤的王二，抬上被告石狮子！"公差们只得无奈地把又大又沉的石狮子抬到了公堂上，也带上了王二。施大人问王二："王二，本官的轿子路过，人多挤倒了石狮子，它砸碎了你要卖的一盘豆腐，所以你才又哭又喊，是不是？"王二答是，施仕伦于是说："那待会儿本官倒要问问石狮子究竟是不是这么回事，它要说这事全是你一个人瞎编的，可就是你戏弄本官了！你赶紧跪到石狮子旁边去，本官先看你们两个对供词。"吓得王二赶紧跪到石狮子跟前，慌慌忙忙的却又不知道怎么个对质法。这时施仕伦也离座走了下来，他本来长相就丑陋，加上罗锅儿、鸡胸，又是个跛脚，走路的样子就别提有多怪了，刚才官差在街上绑石狮子的时候就吸引了很多围观的百姓，都跟着官差一路来到了衙门，众人都想看看热闹，瞧瞧施大人究竟想怎么审这头不会说话的石狮子。现在倒好，看热闹的百姓越聚越多，看见堂上不光王二要去和石狮子对质，连县令大人都要走下来问话，都好奇极了，外层的拼命往里面挤，都想看个清楚，再加上施仕伦歪歪斜斜地走了几步，样子很是滑稽，围观百姓说得说、笑得笑，吵吵闹闹个不停。施仕伦见了装出很生气的样子，还叫官差把围观的人全都带上来问话，等围观的人都在大堂上跪下了，施仕伦就大声训斥他们说："你们这些人，明明各有各的店铺和摊位，各有各的生意要忙。本官问你们,自己的事情不好好做,跑到县衙来干什么?本官在大堂上审案,你们却在外面看热闹,还吵吵闹闹的,成何体统!这王二告石狮子一案,若不是你们这些无聊的人挤来挤去看热闹,又怎么会挤翻了石狮子,砸坏了人家的整盘豆腐!你说你们该当何罪!"众人听了施仕伦的话,真是又害怕又惭愧,纷纷低下了头。施仕伦见众百姓确实知道错了,就罚围观百姓每人替石狮子赔十文钱给王二,以示警告。原来施仕伦早就想教训一下这些没事儿不好好经营产业、到处看热闹的人,正好借着审石狮子整治了他们,又帮王二弥补了损失,可谓是一举两得。

且说施仕伦退了堂回到书房,看书入迷,忘记了时间,等到回过神来竟然已经到了半夜。忽然听见门外有脚步声,施仕伦问道:"是谁呀?"只听一个颇有气概的陌生声音回答:"我呀!"说着推门闯了进来。施仕伦一看这人,二十多岁的年纪,满面怒容,但是体态健硕、身形矫健,穿着夜行衣,手提一口单刀,不像是什么文人雅士。施仕伦不慌不忙地问来人:"请问壮士半夜到府里有什么事吗?"那人强忍着怒气说道:"施不全你给我听着!我乃是重情重义的大侠客,你抓了我好多江湖上的朋友,绿林兄弟们都对你恨之入骨,要来劫狱搭救九黄、七珠和十二豪杰。识相的就把兄弟们放了,不然别怪我现在就杀了你,也方便大家伙劫狱!"说完抽出单刀,银光一闪举在空中,正要朝施仕伦劈来。施仕伦见状赶紧说道:"壮士先停手!施某知道壮士你武功高强,现在我就像是笼中小鸟,菜板上的鱼,生死全掌握在你手中,你何不听我说些真心话,说完这些,我死也瞑目,到时再杀我也不迟。"

那人听了冷笑道:"施不全你有话就说,说完我好送你上路!"

施仕伦说:"壮士,做人应该尽忠尽孝,否则哪能称为人呢?不忠不孝就好比在这人世间白走一遭,和禽兽有什么差别!俗话说当臣子的要尽忠,做人家子女要尽孝道,我施仕伦洁身自好、为官清廉,为百姓除害、保一方平安,但是很难让所有人都满意,所以有很多人恨我,但我却不能为不让这些人恨我就不去做一个忠臣。好人自有上苍保佑,那些作恶之人不但不去反思自己的过错,还反过来埋怨别人,难道就应该吗?如果我不保护善良的百姓,不去惩治杀人放火、劫人钱财、抢人妻女的恶人,岂不是成了他们的同伙?要是我抓住的九黄、七珠这帮人真的是侠义之士、正义之人,那壮士今天杀了我,我绝对不怪罪你。但是你想想,他们哪里配得上这个'义'字,可惜壮士你为行侠仗义而来,却杀了我这个忠臣,做了不义之事,施仕伦死后可千古流芳,可你反而会落下个不忠不义的坏名声。"说完哈哈大笑。又道:"壮士!施某的肺腑之言已经说完了,要杀要剐,悉听尊便。施某皱一下眉头就不是人!"

那个汉子被施仕伦这一席话说了个进退两难,过了一会儿,只得放下了单刀说:"施不全,兄弟们都知道我要杀你易如反掌,你干脆把你的官印给我,证明我确实来过衙门。"施仕伦哪里肯,冷笑道:"壮士不用留情,施某当官的如果把印丢了也难逃一死,倒不如被你一刀砍死来得痛快!"那人当然不肯罢休,见书案上放着一个布包,也不管是什么拿了就走了。施仕伦赶忙叫道："好汉留名！"那人见他问，就说："本爷就是留了名字，也不怕你！大名就叫'我'!"说完纵身一跳，哪还有踪影。第二天清早一升堂，施仕伦就吩咐王栋、王梁两个官差，尽快带一个名叫"我"的人来衙门，这二人既摸不着头脑又不敢违抗大人命令，只得硬着头皮去找这个叫"我"的人。

就说这两个奉命去抓"我"的官差，根本不知道从何下手，简直想不出比这更为难的差事。反正怎么都没办法，王梁就提议去酒楼喝点酒，也好排遣一下郁闷的心情。两人一路沉默，刚走到酒楼楼下，忽然听到楼上有人大喊："谁敢拿我？"王栋、王梁两人小声合计了一下，猜想可能这就是"我"的踪迹，于是询问了掌柜。原来楼上有个年轻汉子，凶恶得很，喝了个烂醉，拍桌子敲椅子地闹了个天翻地覆，现在已经醉倒了，睡得正香。于是两个人趁着年轻汉子睡着的时候把他绑了个结实，带回衙门去了。

回到衙门，那人酒已经醒了大半，官差推推搡搡地把他带到施仕伦跟前复了命。施仕伦见这人浑身上下被绑了好多绳索，却掩不住一身豪侠之气，胆色过人，武艺高超，是又欣赏又喜欢，赶紧弯下腰亲手给他松绑。两旁的官差赶忙阻拦说："老爷万万不能给他松绑，这人身手了得，要是逃走了，想再抓回来恐怕比登天还难！"施仕伦一边解绳索一边说："你们这两个家伙真是有眼不识泰山！他可是个行侠仗义的大英雄，怎么肯落下逃跑的名声！"那人虽然从小生长在绿林，性子野，却知道感恩，听到这里双膝跪地，对着施仕伦说：

"大人今天放了我,就是有恩于我,可是我却没脸再去面对那些江湖上的朋友了。要不,您就让我做您的手下吧,我甘为您效犬马之劳,以报您不杀之恩!"施仕伦听了,心里当然高兴,连忙伸手拉起那人,两人聊了许久。原来这人叫作黄天霸,施仕伦觉得这名字江湖气太重,就把"施忠"这个名字赐给了黄天霸,并收到了自己门下。

施仕伦哪里知道,他所恩招的这个黄天霸没过几天就帮了他一个大忙。话说江都县有一恶霸叫关升,因为他父亲做过本朝的监院,关家又是一方富豪,所以这个关升杀人如儿戏,抢人妻女钱财的事情更是不在话下,搞得百姓苦不堪言,却没有办法。原来这关家很有势力,上一任的县令就是因为要拿办关升遭了殃,所以当地一直没人敢动关升,施仕伦一听哪里肯罢休,当即就带着黄天霸,微服前去关家堡探访。可惜施仕伦生了个麻脸、缺耳、歪嘴、罗锅儿、跛脚、鸡胸、柳肩、身躯瘦弱的样貌,被关升一眼就认了出来。刚巧黄天霸还没在身边,施仕伦就被恶霸关升抓进了堡里,吊在马棚一顿好打。

等黄天霸发现恩公被困在关家堡时,担心自己一个人势薄力单,怕一时失手不能把施仕伦保护周全,正巧在关家堡遇见结拜兄弟贺天保,讲明了施仕伦如何忠心为民、如何大义饶了自己性命、以德报怨、又有知遇之恩,听得贺天保也大为感动,心想要是有这样的恩公,自己也能脱离绿林走上正路,也算为祖上争光。于是二人协力救出了施仕伦,又抓住了恶人关升,送往县衙。

　　施仕伦捉关升得罪了扬州知府大人,扬州知府自然急于拔去施仕伦这个眼中钉肉中刺,正巧黄河套一带水寇作乱,过往的商船客船经常被劫被抢。扬州知府正愁没机会整治这个施不全,正好借此机会,把铲除水寇这个烫手山芋丢给了施仕伦,限他一个月之内抓住为首的银钩大王、刘六和刘七三人,如果超过了期限就革职查办。施仕伦虽然明明知道扬州知府是故意刁难但也没有办法,只好先派了两个官差去水寇出没的地方探听情况,没想到那些水上贼寇太狡猾,其中一个官差被他们活活淹死在水里。这天施仕伦收到了官差的死讯,一方面责怪自己办事轻率,白白牺牲一条人命;一方面替被杀官差家人难过,恨那些水寇歹毒残忍……心中正悲愤得难受,却见黄天霸推门进了屋。原来天霸之前奉恩公之命回京送了家书,刚刚回到江都,进屋来把施家老爷的回信给施仕伦送来,却看见施仕伦一脸愁苦,接过信看都没看一眼就放在了一边,知道恩公肯定有什么为难的事情,细问了才知道前因后果。黄天霸听了水寇的可恶凶残,又想到了死去的官差,更是想替恩公分忧,于是拜倒说:"大人不要难过,官差既然已经死了,咱们就一定要给他报仇,更不能让这些贼人再危害百姓!就让天霸去会会这些水寇,也算报答您的恩情吧!"

　　黄天霸的武艺非同一般,那三个水寇哪是他的对手,何况那银钩大王和刘六、刘七自从杀了官差更是肆无忌惮,成天喝得烂醉,黄天霸轻轻松松把这三人逮了个正着,施仕伦铲除了水寇,也让扬州知府教训他的计划落空了。

　　话说这天大早正升堂，忽然听见官差来报说今天有京城来的钦差要到江都县地界，施仕伦连忙吩咐备轿，往官亭前去迎接。原来施仕伦不顾扬州知府阻挠，严办恶少关升的事迹广为流传，康熙听说了非常欣慰，对施仕伦大加赞赏，今天从京城来的钦差就是带着圣旨前来。康熙不但罢免了扬州知府，还在圣旨中对施仕伦办的许多案子赞不绝口。黄天霸心想恩公如此得到皇上的重视和夸奖，看来以后的仕途肯定非同寻常，心里自然也替施仕伦高兴。

　　江都县城中也很快贴出了告示，内容包括了扬州知府被革职的消息，和九黄、七珠及十二贼寇，以及恶少关升等众多死囚五日后问斩的消息。百姓看了当然都觉得爽快，却不知道，秋后斩死囚这样的大事也会有节外生枝的时候。

黄天霸行刺施仕伦

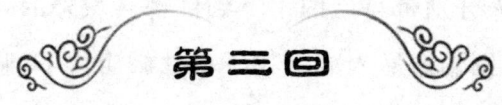

第三回

恶虎庄遇险
黄天霸大义灭亲

　　扬州府地界江都县附近,有远近闻名的四个土匪头目,四人个个精通武艺,都是少年了得,于是拜把子结为异姓兄弟,人称南方四霸。这四霸虽然都身为土匪,心思、性格却迥然不同:一个就是黄天霸,他善使金镖,是大侠金镖黄三太的儿子,有豪侠气概,自从行刺施仕伦之后,就改邪归正,跟在恩公身边行侠仗义;一个名叫贺天保,善用朴刀,与黄天霸交情最深,被施仕伦的大义所感动,也有心离开绿林,走上正路;第三人名叫濮天雕,黑脸膛、五短身材,生性蛮横;第四个名叫武天虬,使的兵刃是一杆亚虬枪。

　　自从黄天霸走了之后,剩下的三霸就聚在一起讨论如何到江都县劫法场,救出莲花院十二个贼寇。要说这三霸和那十二个贼寇本来也没什么太深的交情,但是绿林人士在江湖上行走,讲究的就是“仗义”两个字,那个贺天保就是在关家堡与黄天霸合力救出施仕伦、抓住恶少关升的人。贺天保心里知道施什伦是一代忠贤,更知道黄天霸必然誓死效忠于他,所以早就不想参与劫法场的事,但如果直接说不想去又难免伤了兄弟和气。两面为难之下,贺天保想了个办法,于

是提议三人分别带自己的手下到江都县城外的处斩地附近
埋伏，自己则偷偷潜入城中找了一处旅店住下，暗中把三霸
要劫法场的消息透露给黄天霸。

　　城中衙门里，施仕伦在书房里跟天霸一起吃饭用完茶
后，天色也已经黑了，天霸把油灯点亮，两个人开始一起查对
要斩首的犯人的证词。施仕伦数了一下，心想："等到斩首的
那天要一起处斩这么多犯人，所用的时间一定很长，何况不
仅犯人数量众多，前来寻仇的同伙肯定也有不少，到时候难
保不出乱子，这可如何是好呢？"黄天霸一看恩公表情沉重，
知道施仕伦心中一定是因为斩首囚犯的事情为难，于是说
道："大人别担心了，万一到行刑那天法场事情有变，只要有
属下在，一定保证斩首顺利完成。"施仕伦见黄天霸不仅能看
破自己因为什么事忧心，还能帮自己分担，自然稍稍宽了心，
忽然计上心来。第二天一早施仕伦就叫来了几个官差，吩咐
处斩当天在西门外斩首处搭上五个高点的凉棚，门前更要悬
花结彩，在棚里摆好文武公案，将一切都准备妥当，又差人去
带了众多官兵，要求衣着兵刃都要威武整洁，在斩首那天去
西门外保护法场，并且通知西门守卫，在处斩当天要紧闭西
门，不让任何不明身份之人进出。

　　很快到了处斩的前一天晚上，黄天霸把贺天保说的告诉
了施仕伦，还建议说："属下觉得，不如现在就提前把九黄、七
珠以及十二贼寇斩首，这样就不怕濮天雕和武天虬前来劫法
场了。"施仕伦听了高兴，因为黄天霸所说正和自己的打算不
谋而合。到了第二天，早上五更不到，施仕伦就升了堂，吩咐

官差再到关押犯人的南牢牢门口搭起两个监斩棚,又让人拿着令牌从牢中提出几个无名死囚,由官兵押送朝原定处斩的西门外去了。这边武天虬、濮天雕派出去探听消息的手下回来报告,只知道城里面正押着犯人往西门外来,并没开始处斩,众贼寇也不敢怠慢,纷纷打扮成各式的商人旅客,带好兵器准备劫法场。

城内往西门去的犯人一启程,施仕伦就把九黄、七珠及十二贼寇一干犯人提出,四个刽子手一起行刑,一次砍下四个头颅,不到四次就把十四个恶人杀了个干净。原来这就是施仕伦为了提防劫法场而想的办法,就是一面往西门押送普通犯人,一面在牢门口就把十二贼寇等人处斩,等三霸赶到,要劫法场恐怕已经晚了。这武天虬和濮天雕赶到一看,要救的朋友已经被砍头,顿时气不打一处来,眼看就要掏出兵刃大开杀戒好给十二贼寇报仇,贺天保一看不好,赶紧拦住二人好言相劝说:"你们快别冲动,咱们弟兄虽然不少,但这毕竟是处斩的法场,官兵众多,要是真的打起来咱们恐怕占不到便宜。况且咱们与那十二个朋友虽然有过几面之缘,但是眼下人都已经死了,再多杀多少人也不能让他们的脑袋回到自己脖子上去。"众人听了觉得确实在理,虽然心中怒气难平,但也确实没有理由大开杀戒,便都不动声色地看起了热闹。

就在处斩结束之前的这段工夫,被施仕伦惹得心中窝火的不光是这帮土匪,原来在处斩进行到一半的时候,新来上任的扬州知府就已经到了扬州地界,施仕伦虽然知道应该前去迎接,但想到监斩乃是公务,何况众贼寇就在法场外虎视眈眈,自己实在脱不开身,只得等处斩结束,才匆匆回县衙换了整洁的衣服,饭都没吃就带着几个官差,快马加鞭赶到扬州府衙门。一到衙门口就见堂前张灯结彩,官差衙役闹闹哄哄,见施仕伦来了,一齐说道:"县令大人可要小心啦,小的们可是在这专门等着您呢。新任的知府大人刚刚才到,怪你没出城去迎接他,进屋的时候生气得很!还传话出来说:带礼物的才肯接见,没有礼物的概不相见。"施仕伦一听,心想:"虽然扬州府的新知府才刚刚到任,按理说我的确应该出城迎接。但是今天本官也是奉旨监斩重要犯人,所以才没去迎接新知府,又不是故意摆架子,这新知府也未免太过小气,现在竟然又朝我要礼物。也罢,既然知府来的时候我没能出去迎接他,人家又是刚刚到扬州当官,也本该送点家中能用上的东西表示表示。"于是就带着随行的官差出去置办了点儿过日子能用得着的简单礼物,叫店家一样一样抄好礼单,用礼盒装好,赶紧上马赶回了知府衙门。回到衙门内,新知府的家仆见施仕伦手中拿着礼单和礼盒,赶紧走进内堂通报道:"老爷,江都知县施仕伦带着礼物来看您了!"这新知府本来就是个贪财之徒,一听施仕伦带了礼物,心中总算是高兴了些,赶紧接过礼单一看,发现竟然只是些平常礼物,并没有金银财宝,顿时气不打一处来,伸手便把礼单撕了个粉碎,叫道:"你快出去告诉这个施仕伦,本知府不敢擅自接受礼物!"这家仆赶忙跑出去把知府的话转告了施仕伦。施仕伦见这知府明明说不带礼物不肯相见,现在却又说不收自己的礼物,心中知道新任知府八成也是个贪官,一定是见没有金银珠宝之类的贵重礼物,故意羞辱自己的。施仕伦一气之下走出知府衙门,叫官差把刚刚准备的礼物都各自分了,自己则坐在知府门前的台阶上,把起门来。

没过多久,扬州的其他大小官员纷纷赶来给新任知府送礼物,远远的就看见施仕伦气呼呼地坐在大门前,赶紧上前问道:"施大人怎么气成这个样子?别是没给新知府带礼物,吃了闭门羹吧?"施仕伦苦笑道:"这您就说错了,新知府乃是难得的清官,本官就是带了贵重礼物前来请安,知府大人不但不肯收下,还罚下官在这把门,好代替知府大人把前来送礼的大小官员劝回去。"众官员听了这话,个个都吓了一身冷汗,心想幸亏有这个施不全在这把门,不然自己贸然进去给新知府送礼却被拒绝,岂不是太尴尬了。于是众官员赶紧谢了施仕伦,纷纷把带来的礼物抬了回去。

再说这贪官知府,在内堂等了很长时间,却没见一个官员来送礼,心中正纳闷儿呢,却看见家仆跑来慌慌张张地把施仕伦在衙门口把门,又如何把来送礼的官员都劝走的事,前后因果都说了一遍。这新知府一听,才知道自己被这个施不全给耍了,真是气个半死,却又拿他没有办法,只能在心里暗暗把这个施仕伦千刀万剐了许多遍。

且说这天刚升堂不久,就有衙役前来通报:"施大人在上,小的刚刚得到消息说京城的传牌已到,正是招施大人回京面圣的。接替您的新任江都县令也已经进了扬州地界,马上就要到了。"施仕伦听了,当即动身出城到官亭迎接新任江都县令,边走边想:"那新任扬州知府实在是个大贪官,等我回到京城,必须得在皇上面前参他一本,免得我走后他更是气焰嚣张,欺压扬州的黎民百姓。"不到半个时辰,新任县令就到了江都城外官亭,两人一起回到县衙。等施仕伦向新县令交代了公务,转接了官印,一切事宜都办妥后,新县令就把施仕伦送出了衙门。

且说黄天霸见施仕伦已经不再是江都县令,也知道自己身份特殊,何况对新来的县令又不了解,恐怕很难再在县衙立足。再想到施仕伦这次被皇上召回京城,必然又要升官,自己毕竟只是一介草寇,如果跟随恩公回到京城,虽然不再是土匪身份,但终究有攀附恩公以求封官进爵的嫌疑,更何况如果皇上见自己是绿林出身,就随便封个小小的衙役,想来想去又太替自己不值。黄天霸仔细想了很久后,把心一横,便来到施仕伦面前扑通一声跪倒在地。施仕伦一见黄天霸跪倒,心里知道黄天霸准是瞻前顾后,不愿跟自己回京,便直接问他:"施忠,我问你,你是不是想就此与我道别,不与我一起回京城了?以我对你黄天霸的了解,你并不是贪恋名利的小人,肯定不是为了想在这江都县谋个一官半职才不愿意随我离开。不管你是因为什么原因,你这样与我分别怎么遵守当初的诺言?你虽然曾是绿林中人,但正可谓浪子回头金不换,我欣赏你的侠义心肠,这段时间施某人也并没有亏待你,你却为何不肯跟随在我身边呢?"黄天霸见施仕伦早知道自己的想法不禁心中羞愧万分,只回答说:"恩公,小人只是因为父母的坟墓都在这江都县城,小人若走,必然长年没有人祭扫。恩公回京城一定会得到皇上的赏识,连升三级,小人没有福气,不敢跟随,只求留在江都县扫墓尽孝。"施仕伦听了这话,心里虽然可惜黄天霸这个人才,但也无话可说,只能感叹道:"今天壮士跟我辞行,一定是施某人没有得到壮士的信任,所以你才心灰意冷,执意离我而去。不过既然你不跟施某人到京城去,那你又有什么打算呢?"黄天霸听出了恩公话中的深意,知道施仕伦担心自己再回去做草寇,于是连忙说:"小人会学习古人归隐山林,肯定不会再去做江湖贼寇,我黄天霸要是连这点志气都没有,哪有颜面见列祖列宗!"施仕伦听完,长叹一声,说道:"君子一言,驷马难追!希望你能遵守自己的诺言。"说完摆了摆手,黄天霸磕了个头就起身离开了,两人就此告别。

恶虎庄里,濮天雕、武天虬和一群手下探听到施仕伦回京的消息都高兴得很,因为从江都县往京城去必然经过恶虎庄的势力范围,二霸本来打算抓了施仕伦,或杀或剐以解心头之恨,却又因为担心自己武艺不如黄天霸而迟迟没有下定决心。这天,探子在官道上看见了施仕伦,却没见黄天霸跟在左右,赶紧回贼窝向濮天雕和武天虬报告,两人一听顿时哈哈大笑,心中想起莲花院的十二贼寇都被施仕伦所杀,自己又被施仕伦耍了个团团转,更是心头火起,当下便叫手下把施仕伦抓进寨中。

就说施仕伦在路上走得好好的,哪想到这飞来横祸,转眼之间就被这伙强盗五花大绑带回寨中,绑在木桩上。濮天雕和武天虬吩咐手下摆好祭台,点好香烛,在十二贼寇牌位前痛哭了一场,然后喝道:"有仇不报非君子! 来人,把狗官身上衣服剥去,把他的心肝挖出来放在祭坛上,以告我十二个兄弟的在天之灵!"众人正七手八脚地要剥施仕伦的衣服,却听有探子来报,说黄天霸正在恶虎庄外,要濮天雕、武天虬二人出寨相见。

　　原来黄天霸自从告别施仕伦之后,心中羞愧,又很挂念恩公的安危,于是一路追赶施仕伦,正赶到恶虎庄。濮天雕、武天虬自然不愿出寨相见,但又怕黄天霸硬闯进来,只能暂时扔下施仕伦,赶到庄外。三人相见后,表面假意寒暄,其实心里主意各不相同,黄天霸自从改邪归正后早就和另外两人没有了默契,虽然没什么话好说,但也不想冷场,便说道:"你我兄弟多日不见,不知二位哥哥近来可好? 小弟恰好到此,正应该进庄去看看二位嫂嫂。"两霸一听,暗想那施仕伦还在庄里绑着,自然着急得不行,齐声大呼:"不可!"黄天霸见两人神情不对,肯定有所隐瞒,顿时心生怀疑,更是坚持进庄。两个恶贼没有办法只好跟黄天霸一起回到了恶虎庄。

　　进了恶虎庄,濮天雕和武天虬只领着黄天霸避开了绑施仕伦的地方,但是黄天霸本来就心中怀疑,自然细心查看庄内的各处角落,忽然看见施仕伦的轿子还有那驮轿的骡子都被锁在一棵树上,心中暗叫:"不好! 恩公被这帮贼人给逮了,搞不好已经命丧黄泉! 都怪我有了二心,没跟恩公一起进京,实在误事。"心里一急,抽出单刀便朝前面的武天虬砍去,那武天虬慌忙躲开,伸手也要掏兵刃。濮天雕一见哪肯罢休,三个人顿时打成一团。可这黄天霸乃是金镖黄三太的独生子,从小得父亲真传,三枚金镖使得出神入化,叫两个恶霸防不胜防,不多时,武天虬、濮天雕两人便被黄天霸金镖穿心,当场死了个干净。二人的手下见头目已死,赶紧跑的跑、拜倒的拜倒,为了活命,带着黄天霸找到了被绑在柱上的施仕伦。

施仕伦本来前一刻正闭目等死,后一刻竟然见黄天霸如天兵天将一样出现在自己面前,顿时是又惊又喜,等到绳索都被解开,手脚也都能自由活动了,越想越暗暗怪罪黄天霸,心想他黄天霸这么反反复复,让我被这帮贼人折磨个够,担惊受怕、受尽侮辱,正欲求死时又跑回来救我,真是不如让我死了痛快!黄天霸见恩公闷闷不乐连忙劝解个不停,只见施仕伦看都不看他,却说:"这位壮士,您的救命之恩,施仕伦无以为报,您的恩情施某一定会铭记终生,刻骨不忘!"黄天霸一听这话,知道恩公肯定是生了自己的气,一时间既尴尬又委屈,连忙说:"恩公,您先听小人说句话。小人以为恩公回到京城,必能面见皇上,升官进爵,哪料到这两个贼人会对您下手?您走后小人也很自责,但好在上天感应到小人对恩公的忠心,让小人能及时救下恩公。今天我也要替自己说两句话:恩公的忠心侠义感动了天霸,天霸先前帮恩公杀水寇,今天又为了救恩公性命杀了自己的结拜兄弟。虽然这两人也是罪有应得,但天霸依然难以摆脱残杀结拜弟兄的骂名,小人这么忠于恩公,为恩公用尽心机、耗尽力气,难道黄天霸这样的付出都不能打动您吗?"施仕伦心神稍稍平静了些,听了黄天霸的心里话,再回想刚才自己所说,暗暗后悔,知道已经伤了黄天霸的心，也只能假装刚刚并没有怪罪黄天霸的意思，心里还惦记着让黄天霸跟随自己回京城的事，又跟黄天霸提过几次，天霸还是委屈难平，几次都推辞了。

施仕伦独自回到了京城，面见了皇上，受封顺天府尹，并且禀明了黄天霸的英雄侠义之举。康熙本来就对施仕伦欣赏有加，听了他对黄天霸的高度评价也很喜欢，更命施仕伦把黄天霸收为大清国所用。

第四回

关小西密报
灭妖僧破盗粮案

　　施仕伦很快就到顺天府上任做了知府,一天刚升堂就有一个人跪在公堂之上,说:"小的有机密要报告大人。"施仕伦仔细打量了一下说话的人,看他的相貌年龄,应该在三十岁上下,体格矫健,性情刚正直接,于是问道:"你是什么人,来报告什么冤案?"那人说:"施大人,小的名叫关太,外号关小西,小人家在山西,本来只是在家待着,游手好闲,后来父母筹了一千两银子,让小人到京城来做点生意,结果小人不善经营,把本钱赔了个精光。穷途末路的时候好在小人使得一手好兵刃,小人只得学人混了黑道,全为了混口饭吃。早就听闻施大人在扬州以德服人,收服了江南四霸之首——黄天霸,小人对于自己乃是一名草寇非常惭愧,一心想走正路,建功立业,如果大人不嫌弃小人,关小西愿为大人效犬马之劳!"施仕伦见这汉子性情直爽,本来就暗暗欣赏,现在听了关太的一番肺腑之言,心中不免想起黄天霸。施仕伦心里明白,要不是当初黄天霸武艺高强、为人侠肝义胆,又与自己惺惺相惜,两人同心协力破了许多冤案,如今自己又怎么会义名远扬,又哪会有关小西这样胸怀大义的壮士前来投奔自己？想到这里，施仕伦连忙把关小西叫到身边。且不说两人如何各自表白了心迹，关小西如何拜倒谢过恩公，就说关小西来向施仕伦报告的机密到底是怎么回事。

原来，关小西有一天晚上走到了桃花山上的一座古寺中，碰见了一个公子，以为关小西是要来杀他的人，吓了个半死。关小西问了缘由，才知道原来这个公子是旗人，名叫巴州布，父亲是当地的官员，这座寺庙在其父管辖范围内，住持是个叫慧海的和尚。本来这个慧海跟巴州布的父亲往来很频繁，交情不错，他父亲常给慧海和尚一些银两，到了夏天好到寺里避暑。今年夏天，巴州布到寺里静心读书，有一天正好赶上慧海和尚去城里赶集，巴州布闲极无聊，就在寺里散步，走到寺庙后面，却碰见一群年轻女子，想赶紧回避却不认识路，结果碰个正着。不料慧海回寺之后，竟然拿刀要杀了巴州布，在巴州布恳求之下，恶僧给巴州布留下毒药，让他在天亮之前自行了断。关小西听了替这公子愤愤不平，趁着夜色把巴州布救出了寺外，还把他送回了京城。但是这公子到家这么多天了，却一点音信都没有，关小西觉得纳闷儿，所以前来密报。

施仕伦听了顿时大怒，心想真是人心不古，怎么越是出家人越是欲壑难填，必须抓住这慧海恶僧。于是决心隐藏身份，带了关太，扮作香客来到了桃花山下。

慧海并没见过施仕伦，当然没把他认出来，只当施仕伦是个身残体弱的信佛之人，没有任何怀疑就让施仕伦和关太住在了桃花寺中。原来这个慧海本来家住在桃花山脚下李家村,是家里的独子,名叫李宾,外号叫李太岁。这个李太岁本来是桃花寺住持的徒弟,好色成性,常常把良家妇女拐到寺里侮辱。住持看不下去,经常劝他,哪知道他不知好歹,一怒之下杀死了住持,从此伙同自己的师弟到处强抢拐骗良家妇女藏在桃花寺中。施仕伦派官兵前去桃花寺捉慧海归案,却不料这恶僧使得一双铁拐,武艺高强,众官兵哪里是他的对手,眼看慧海就要逃走。就在这时,跟随官兵一同前来的关太身形一闪,躲过双拐,右手持一口单刀砍中慧海和尚的后背,他翻身还想爬起来,关太左手一把铁尺痛击慧海右边小腿,打得和尚半天爬不起来,只能束手就擒。施仕伦亲眼看见关太身手的确了得,心里更加惜才。

没过几天,施仕伦就接到了皇上圣旨,康熙听闻施仕伦一到顺天府就破了慧海一案,大加赞赏,说施仕伦为国家勤政有功,升他做了通州粮仓总督。施仕伦派人叫来了关小西,想这关小西破慧海一案功劳很大,而且武艺了得,便决定带关小西一起前往通州粮仓到任。

这天,施仕伦和关小西在去往通州的路上,看见远处来往的车马很多,道路拥挤难行,走近了仔细看了看,才知道原来马车上装的全是大米,正是运官粮的车辆。当时是康熙年间,石板路还没有修好,又正赶上大雨过后不久,道上到处都是深深的车辙,所以马车走起来非常困难。主仆二人正往前走,忽然听见路上两个车夫因为都想先走,互不相让吵了起来。这个说:"你小子真是太岁头上动土,你到处去打听打听,你爷爷我人称显道神,道上走的哪个不知,谁人不晓?祖宗八代都没让过别人!"那个说:"你小子别在那瞎吹牛了!论辈分咱都算是你的太爷爷了,江湖上朋友多得很,提起我黑塔赛孟尝,又有谁不知道?"只见两人骂着骂着就急了,动手扭在一起打得难舍难分,半天都拉不开,他们俩这么一闹,各自的马车停在道路中间,堵得前后车辆更是动弹不得了。

只见那两个车夫只顾厮打,自己车上的粮米也不管了,这时突然从四面八方跑来了一大群男男女女,竟然并不是来劝架的,只是一哄而上,七手八脚地抢起运粮的马车。施仕伦越看越奇怪,和关太一起骑马走到近处想仔细看看,只见这些人跑到粮车前,很快从袖子里抽出明晃晃的尖刀,照着车上的米口袋就扎,顿时袋子里的大米就顺着窟窿喷了出来。那些人又纷纷从自己怀里掏出一个布缝的口袋,撑开袋口对准窟窿开始接住粮袋漏出的大米,等到布口袋盛满了,就扛在肩上飞快地逃走了。原来这样抢米的人还不止一伙,有用簸箕接的,还有用衣裳兜了就跑的,乱七八糟,来来回回,再看那被抢的米车,就好像掉进蚂蚁窝里一样被这群盗粮的人团团围住,没多一会儿,车上的粮袋就瘪了一半。施仕伦看见这种情形,觉得十分可气,正要派人去抓住这些偷粮的人,忽然看见几名官兵手里拿着马鞭,冲上去把这些偷米的人一顿乱打,众人顿时四散跑开。两名车夫这会儿也不打了,回到车前,才发现大米已经被人偷去了大半,粮袋也被刀扎了个稀巴烂,再看看满地撒得白花花的大米,两人这才知道后悔,捶胸顿足地大骂了一阵子,最后也只能把车上的粮袋搬下车,再到附近买点粗粮,把口袋里面剩余的大米也全都倒在一起，连着地下的泥沙掺在一起装回口袋里，看看分量差不多够了，再用绳子捆好装了车，没过多久就扬鞭赶车，一边嘴里骂着一边走远了。施仕伦看在眼里，记在心里，暗暗说道："怪不得在京城里常听八旗抱怨，说好不容易等到开仓放粮，拿回去的米却不值钱，原来竟是这些匪徒搞的鬼，简直太可恨了！"边想边往前走着，一路上看见很多次偷盗官粮的情形，这帮匪徒成群结伙，满街都是。施仕伦越看心里越气，暗说："这样的人绝对不能姑息他们，等本官到任，第一件事就是铲除这帮盗粮贼！"

且说施仕伦到任之后，心里一直惦记着在路上看到的那一幕，不久就拟出了粮仓的规矩，并且叫文书贴出了告示：如果粮仓内部有舞弊的人，一旦查明，从重处罚。又派人沿河搜查，一旦发现有无故在路边闲逛滞留的人，如果被查出意欲盗粮，立刻用锁链绑回衙门问罪。告示一出，立刻就有官兵抓回了盗粮的男女好几个人，施仕伦生气地斥责他们说："你们这群无知的奴才，真是太可恨了！往大了说，你们抢粮是不顾国家法律，把万岁爷从南方运来作为储备的官粮偷走，该当何罪！从小了说，你们大胆妄为，为了自己的私利就能做出偷盗这样的丑事，你们偷走粮米，数量不够，那些车夫就往粮食里掺沙石泥土凑数，根本没法吃，在京城的八旗子弟到了年关口，男女老幼都靠这些官粮果腹，但是这些官粮却因为你们的偷盗变得连灰带土，你说你们又该当何罪？"施仕伦一番话说完，这群匪徒早已心惊胆战，施仕伦便要问出他们背后指使盗粮的人物，一群人却就是嘴硬得不说，最后施仕伦只好派关太在水路和道边乡间查访了多日，才探听到原来在这通州粮仓，舞弊盗粮的背后主谋中有一个名叫路通的，是皇亲索国舅的管家，借着在国舅府里管事的便利，跟五府六部衙门里的文武官员都攀上了关系，熟络得很。偏偏这个路通不光本性贪婪，胆子又大，不仅和官府中的王侯将相相熟，更是到处结交一些贪赃枉法的亡命之徒，来来去去便与通州粮仓的管事相互勾结，一赶上每年二月、八月开仓运粮的时候，就互相串通，暗中舞弊。而且这伙人行事大胆，横行霸道，毫不惧怕王法，盗运官粮时就大大方方地用大小车辆随意从粮仓中往外运送。还有几个同谋，也都是八旗中的满人、汉人和蒙古人，其蛮横霸道的名声在京城人人皆知，这帮人仗着有国舅爷的管家路通撑腰，又有宫中的一帮太监通风报信，所以做起坏事来也都明目张胆。其中有一个人，名叫常泰，也是国舅府里的一个恶奴，还有一个是满洲军中的一个小头目，外号燥达子，他们两个勾结了一个名叫额士英的粮官，上下打点好大小官吏，暗中把官粮从粮仓中偷运出来。这个额士英有个外号叫钻仓鼠，从他手里被偷运出去的官粮着实不少。

施仕伦不查不知道，一详查竟然发现八旗之中窝藏着这么多不义之徒，连连说道："这帮狗奴才实在太可恨了！粮仓乃是国家重地，这些鼠辈竟然如此大胆，欺上瞒下，做出这种舞弊偷窃的勾当，简直目无王法。我施仕伦要是不整治他们岂不是白拿了国家的俸禄?"于是吩咐左右:"等开仓放粮的时候,一定要抓他们个现行,到时候从重发落,决不宽恕!"关小西领命,继续到处查访,暂且不表。

且说施仕伦到任通州这年恰好赶上通州大旱,从年初一直到五月都没下过一滴雨,军民上下都心急如焚,施仕伦更是把旱情上奏了朝廷。康熙看了也很担心,于是降旨御驾亲临,为通州祈福求雨,于是一群王公贵族、五府六部、各大官员都随着皇上一起到了通州地界。施仕伦更是每日烧香拜佛,希望老天开眼,为通州百姓下场及时雨。就在施仕伦焦急的时候,只见有官差来报说:"有巡漕御史在城外下马,现在已经到了驿馆,小人前来报告。"施仕伦连忙前去驿馆迎接御史。原来,这位巡漕御史姓赵,叫赵索色,人称索五老爷,是正白旗满洲四甲人,施仕伦一进驿馆就看见这个索御史身前身后围着数十个家丁,有拿包袱的、有手捧坐垫的、有提着烟袋荷包的,个个身着绫罗绸缎,穿戴讲究,礼数繁多,排场大得不得了。施仕伦一瘸一拐地与在场的众官员打过招呼后,走到索御史面前施了礼,只听通州的州官在一旁小声提醒索御史:"索大人,这人就是通州粮仓总督大人施仕伦。"索御史一听,这才仔细把施仕伦上下打量了一番,只见这人身上穿着粗布裤子,上面还打了一堆补丁,脚上虽然穿着官靴但是跛得难看,前有鸡胸后有罗锅儿,身材瘦小体型歪斜难看极了,哪有总督的样子。索御史心里暗自发笑:"怪不得人家都管他叫'施不全',果真名不虚传!真不知道皇上怎么会喜爱他这样的人的。"于是假意含笑说道:"施大人,久仰久仰!"说着把施仕伦请进内堂,众人一起喝茶谈笑。

却说这索御史越看施仕伦的丑陋样子越是瞧不起,心中暗暗琢磨如何能在众官面前要一耍这个施不全,让他出出丑,也算好玩,于是提议众官员一起去射箭场比试比试,就以二十吊钱为赌注,赢的人把钱带走。原来索御史看施仕伦身材瘦小,体型七扭八歪,猜想他射箭的样子一定滑稽可笑,正要让施仕伦在众官面前出丑,供大家伙要笑。众官员一听御史大人想要射箭,都愿意故意输给他,自己就可以光明正大地行贿了,当然都高声附和,于是一大群人一起到了射箭场。这个索御史身强力壮,本来就是个射箭的好手,再加上各个官员都故意放水,自然每次都被御史赢了,几个回合下来索御史赢回的铜钱多得茶案上放不下,好几串散落在地下。施仕伦看这群趋炎附势的官员围在御史身边,心里明白这个索御史提议射箭是要拿自己取乐,心想这索御史未免太过目中无人,以为这四海之内没人治得了他,于是暗中想了个办法,要灭灭御史的气焰,于是主动要求要与索御史比试射箭。

这个索御史一见施仕伦要射箭,正中下怀,连忙说道:"好啊!我陪您就是!"众官员见施仕伦要出丑,也都在一旁起哄叫好。施仕伦也不推辞,径直走到弓箭前,拿起便射,自然没中,箭尖扎进了靶柱上。众人看施仕伦开弓的架势样子滑稽,又见没中都拼命忍住了笑,施仕伦看在眼里,却没动声色,只是快步走到茶案边上,伸手就要拿钱。索色一看赶紧走过说道:"大人,你明明输了怎么反倒来拿钱?"说着用手去拦,忙乱之中一脚踏住了掉在地下的铜钱。施仕伦连忙跪倒在地,用力抱住索色的双腿,大声喊道:"救驾!"原来当时流通的铜钱上写着"康熙通宝",这"康熙"两个字就相当于当朝的康熙皇上,哪能随意用脚踩。索御史顿时大吃一惊,恍然大悟,急忙把脚往回收,可是哪里来得及。索御史没办法,也只好双手搀起施仕伦,笑着解释道:"施大人别这样,你看咱们大家只是聚在一起玩一玩、散散心而已,何必这么认真呢?"施仕伦站起身来,眼中含怒说道:"你身为钦差大人,官居高位,怎么能知法犯法?这铜钱乃是万岁的国宝,上面写有'康熙'两个字,你随意就用脚踩住,敢说不是犯了欺君之罪?"话音刚落,转身又对众官员说:"施某人向圣上禀告此事时,少不得要在奏折中写上各位的名字作证,到时由万岁发落!"众人听了这话,顿时全吓出了一身冷汗,赶紧纷纷围在施仕伦跟前,鞠躬作揖地求情说:"施大人高抬贵手,索大人实在并非故意犯错,您就饶他一回,我们这些人也会多谢您的大恩啊!"施仕伦听完冷笑道:"各位又不是不知道,王子犯法与庶民同罪,现在就不用再多说了,还是各自回家等着圣上召见吧。"说完,转身就走了。

一群人看施仕伦走了,顿时都变成了哑巴,半天没有人说话,都知道先前自己存心看施仕伦的热闹,哪知道现在热闹没看成,反倒被施仕伦摆了一道,心里都怕得要死,索御史更是后悔不该瞧不起施仕伦,更不该存心拿他开心。施仕伦心里其实知道踩铜钱这事实在不用上奏圣上，当时也只是见这索御史仗着自己御史的头衔狂得可笑，见他也知道惧怕，也就是吓吓他而已，并没有向皇上告发此事。索御史虽然被施仕伦算计了一回，有一口气在胸中一直憋着，但是心里也知道施仕伦没有告发此事，也算放了自己一马，只好作罢。

施仕伦戏耍索御史

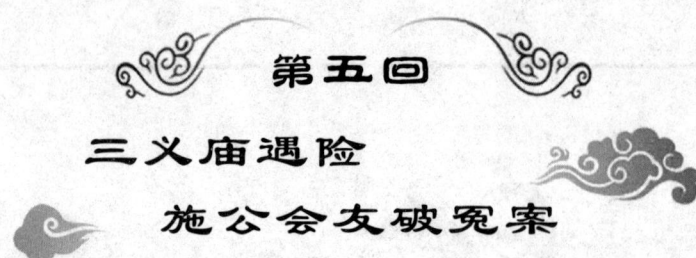

第五回

三义庙遇险
施公会友破冤案

上回说到施仕伦在通州任粮仓总督时,决心铲除徇私舞弊、偷盗官粮的一群无耻之徒。关小西外出查访了很多天,这天终于回到了总督府中,诉说了探访到的一些情况。原来这些天,关小西带着几个兄弟在陆路水路上细心观察了很久,并没找到什么实在的证据,但是却时常听人说先前的粮仓官员的确利用旱路和水运偷盗了很多官粮。关小西等人探听多日,发现粮仓官员也并非都是舞弊之人,但是仅有的几个正直无私的官吏也因为害怕招来恶人的怨恨,对偷盗官粮的人隐瞒不报,更不敢站出来作证。那些狡猾的奸臣仗着和皇亲国戚府中的奸人有点私交,就把粮仓中新收的好米偷运出来,导致官粮的数量不够,就再用陈米掺了红土和碎石充数。然后再与各旗领粮的官员串通一气,用捏造虚报、欺骗冒领的手段倒卖粮仓中的好米,所得钱财就被贪官污吏揣进自己的口袋。可怜八旗中普通官兵和城中百姓老实,对这些人哪有办法,不但领回去的是和红土沙石混合出来的质量低下的陈大米,而且途中再被克扣掉一些,哪够活命。如今开仓运粮的日子又要到了,施仕伦知道那路通等人仍在搞这些见不得人的勾当,于是立即起草颁发了一系列措施,都是直接针对贪官污吏偷盗官粮的各个环节所设计,城中百姓见了,无不欢欣鼓舞。由于施仕伦对偷盗官粮的贪官污吏无论是皇亲国戚的府中管家、王侯贝勒,还是民间草寇恶霸,一律量刑从重,一旦查出从严整治,所以再次开粮仓运官粮时,偷盗官粮、徇私舞弊的情况大有改观,康熙知道了,不住地称赞施仕伦是一代贤臣,正赶上山东一带受灾,需要紧急调运赈灾粮食,于是钦赐施仕伦太子少保之衔,派他去山东救灾,拨放赈灾粮食。

施仕伦接了圣旨,当天就带着关小西启程直奔山东。施仕伦往山东去的路上只要路过各州各县,都直接到当地的驿馆住下,并没要求当地的官员前来迎接和送行,路上也不肯坐轿。原来施仕伦关心民情,怕前呼后拥太过招摇看不到百姓生活的真实情况。且说这天正好是九月初,秋高气爽,气温也没有了夏天的酷热,关小西虽然走得轻松,但是想到施恩公长年疾病缠身,还身有残疾,歪歪斜斜的哪里走得动?二人一气儿赶了三十多里路,途中只顾着观察民情,暗查冤情,不小心错过了住店的时机,关小西回头看施仕伦早已是浑身大汗淋漓,两条跛腿半天都挪不动一下,显然体力已经透支。关小西实在不忍心让恩公再赶路,正好看见不远的地方有个古庙,这时施仕伦也看到了古庙,自知再也走不动了,就对关小西说:"小西,咱们就到那个庙里休息一下吧,如果庙里有和尚道人,咱们还能弄点茶饭填饱肚子。"两人进庙一看,庙里禅房都已经破败,半边的庙门也倒了,只剩中间的正殿还能遮风挡雨，哪里有什么和尚老道。施仕伦抬头一看，正殿中间有一块横匾，"三义庙"的字迹清晰可辨，知道庙中祭祀的是"刘关张"三人，连忙带着关小西一起拜倒，磕了三个头，才找了个地方铺好行李，坐了下来。施仕伦坐定了，才开始觉得嗓子冒烟，口渴得很。关小西见了连忙说："恩公稍等一会儿，我到附近的镇上要些水来。估计不过六七里的路，不会很久的。"施仕伦一想也好，总不能只是干挺着，就嘱咐关小西快去快回。这主仆两人怎么知道，这个三义庙虽然离镇子不远，但却地处一个荒僻林子，前不着村后不着店，孤零零一座破庙，很久以前就废弃了，很快就变成了强盗分赃的据点，邻近镇上的人都知道，所以都不敢从庙旁经过。且说施仕伦自从打发关小西去取水后，觉得浑身筋骨酸痛，就靠在铺好的行李上闭目养神。谁知白天赶路太过疲劳，不知不觉就睡了过去。这时，正赶上以亚油墩李四、弯腰赵八、独眼龙王七为首的一群土匪共十七个，刚抢了一伙客商，聚回三义庙分赃，进到庙里竟看到一个丑罗锅儿躺在正殿睡得正香。这群土匪大怒，围拢在施仕伦身旁七嘴八舌猜测施仕伦的来历，一个说："看他这丑样子，准是只孤雁飞乏了在这歇脚呢！"另一个说："会不会是个奸细啊？"那个叫道："谁管他是干什么的，先把他收拾了好给爷出口气，刚才抢那伙商人的时候被一个大汉打了我一棍，气死我了！正好有这罗锅儿，让我把这口恶气出个痛快！"说着就一把拉起施仕伦的腿，把他从行李上扔到了地上。施仕伦被摔得疼了，觉也醒了，睁眼一看却发现正殿里全是人，只没看见关小西，只好问道：

"各位把我叫醒有什么事吗?"一帮人听了连笑带骂地说道:
"别做梦了你!拉醒你是便宜你了!实话告诉你吧,我们就
是你的催命判官!"施仕伦心中明白了这是碰见了强盗,只能
哀叹自己命犯灾星,好端端地在庙里歇脚,却也能碰见强盗,
偏偏关小西又到别处去取水,他要是早点回来我们主仆二人
还有命再见一面,要是迟了,自己可就死定了。众强盗七手
八脚地把施仕伦绑在了柱子上,吃饱喝足之后便开始商议究
竟由谁动手砍下施仕伦的头颅,施仕伦听着更是后悔自己让
关小西出去取水。却说小西飞奔跑到了最近的村庄,看见一
家门前有口砖井,赶紧敲门叫了主人,屋内出来一个老头,关
小西说自家伙计身有残疾,自己来拿点水回去给伙计喝。老
人笑着说:"你不用客气,拿点井水算不得什么事,你等我去
给你拿个水罐,好盛水拿去。不知你家伙计在哪等着?"关小
西说伙计正在林中三义庙等候。老人一听赶忙拿来了水罐,
说:"你快装水赶紧回去吧,你那伙计要是命好可能还没事,
要是运气不好恐怕已经没命了。那三义庙乃是一群杀人强
盗的老窝,你们远方来的人都不知道,那伙强盗心狠手辣,你
快回去看看吧,这人命可不是闹着玩的!"关小西一听,顿时
吓得魂飞魄散,连忙告辞老人飞也似的往回赶。到了庙前,
看见门前十多匹马,听见庙里吆五喝六的声音,知道这伙强
盗已经回来。透过半边倒了的庙门,关小西看见施仕伦被绑
在正殿的柱子上不能动弹,心里着急,却也知道自己孤身一
人,就算硬闯虎穴能够全身而退,恐怕无暇保护施仕伦,知道
只能智取不能强攻,于是大步走入庙中。

一帮强盗见有人闯入，都起身拿了兵刃，上下打量关小西。关小西故意装成很老实的样子，满脸带笑地一拱手，先对一帮强盗施了礼说："众位寨主在上，小人这边有礼了！我和伙计二人路过贵宝地，因为远道而来不知道打扰了各位，小人特地替伙计来给各位赔个不是，希望各位寨主能多多包涵，让我家伙计跟我回去。"施仕伦被绑在柱子上，心里不免佩服关小西是个能屈能伸的大丈夫。亚油墩李四看出关小西胆量过人，为救伙计不怕危险，也佩服他是个讲义气的好汉，有心拉关小西入伙，于是决心试一试他的武艺胆色如何，顿时抄枪便刺，口中叫道："好汉先跟我比拼比拼再说！"说罢把手中银枪一抖。关小西连忙抱拳，赔笑说："小弟武艺浅薄，哪敢跟寨主一较高下？岂不是班门弄斧，不知好歹？再说刀枪无眼，小人若不小心伤了寨主岂不得罪？"李四哪里肯依，一个箭步向前抖枪便刺，小西也就亮出刀来，两人来回跑跳腾挪打成一团。

且说二人斗了一顿饭的工夫，李四已经累得筋疲力尽、气喘如牛，明明已经处在下风，却又怕认输在兄弟面前丢了颜面，关小西看他已经没了办法，心想："这强盗，原来也有没力气的时候，看我怎么收拾你！"于是把刀路慢慢施展开来，只见刀锋银光闪闪，将这李四周身上下团团包围，动弹不得。关小西自知如果伤了李四，这帮强盗肯定不会善罢甘休，只是要叫他出丑，于是故意留出一个空当，李四看了不知道是关小西故意引诱自己的计策，心里一高兴，赶紧用尽全身力气用枪朝关小西刺了过去。只见关小西突然使了个黄龙翻身,那枪尖从他后背空空滑了过去,那李四这时才知道中了计,想抽身回来,可发出的力哪里收得回? 只见关小西抽刀回来向李四头上砍去。那李四心知大势已去,把枪一扔,叫道:"这条命爷不要了! 你砍吧!"关小西却并未砍下,把刀收回身边,跳出圈外说道:"寨主,小人只是开个玩笑,哪敢伤了寨主!"李四心里又是恼怒又是佩服,更是力劝关小西入伙与众人一同闯荡江湖,关小西当然不肯,担心等到众人一起出手,自己难以抵挡,一心只想带着恩公尽快离开这是非之地。李四见关小西不给面子,心想这样的厉害角色,既然不能为我所用,今天我抓了他的伙计,日后再遇上恐怕要寻仇,不如今天就结果了他,免得后患无穷。心意已定,正要叫众强盗一起合力杀了施仕伦、关小西二人,却听一人大喝:"刀下留人!"

却说施仕伦被绑在石柱上,目睹了关小西的英勇之举,见他舍命都要救出自己,心里十分感动,真觉得自己能认识这样的好汉,就算死了都值得。见众强盗要一齐冲上来,正闭目等死,却听到一个耳熟的声音说:"刀下留人!"一睁眼,却看见贺天保站在面前。原来贺天保正是这帮强盗的头目,他见施仕伦被绑在殿上,才出声救人。贺天保如何安抚了一群强盗,解下了施仕伦,又见过了关小西暂且不表。

就说施仕伦与贺天保很久没见,这回贺天保又救了施仕伦的性命。施仕伦早就知道贺天保与黄天霸是结拜兄弟,在处斩十二寇时更是给黄大霸通风报信,很欣赏他知大义、识大体,武艺高强,又是个大豪杰,想把他收为自己所用。贺天保听施仕伦说要带自己一起赶去山东放赈灾粮食,忽然想起山东有座红雀山,山上有两名厉害的土匪,一直都是山东的一大祸害。这两个土匪一个叫于六,一个叫于七,还养了一个谋士名叫方小嘴,很有智谋。这三人横行霸道,而且功夫了得,地方官员一直都拿他们没有办法。这次山东受灾,又赶上施仕伦押送赈灾粮,恐怕这伙强盗不会放过这块肥肉,八成会来抢劫皇粮。施仕伦一听更是担心,也更坚定了收服贺天保的决心,贺天保早就有感于施仕伦对黄天霸的知遇之恩,如今见施仕伦不嫌弃自己出身绿林,有心带自己走上正途更是一百个乐意,他手下的一帮强盗一看贺天保都跟着施仕伦了,也纷纷表示愿意跟随施仕伦一起去山东放粮。施仕伦一见,欣慰的同时,不免想起黄天霸,心想这次出巡如果有缘再看见天霸,一定要劝他从此跟随自己。

且说这天施仕伦一行人到了飞熊峪,远远地看见几个人在前面道路上打成一团,贺天保嘱咐众人保护好施仕伦,自己快步赶到跟前要看个究竟。只见一个旅店伙计打扮的男子被两个彪形大汉打倒在地,其中一个大汉手持狼牙棒,一棒打在店伙计的后脖颈上,伙计顿时昏了过去。贺天保心中以为两个大汉是来打劫路人的,连忙抄兵刃与二人打了起来。三个人斗了几个回合,两个大汉一个使狼牙棒,一个使刀,武艺都很了得,贺天保无奈,只得使出全力。只听一个大汉叫道:"贤弟,这贼人可真够厉害,咱哥俩还是速战速决,尽快脱身,好带那黑店伙计回去交差啊!"另一个附和道:"兄弟说得对!要是让那小子醒过来跑掉了,咱俩可没脸去见黄寨主了！"贺天保本来就觉得奇怪，现在一听这两人一会儿说黑店，一会儿又说交差，连忙问道："你们到底是什么人？为什么要抓这个伙计，所说的黄寨主是谁?"这两个壮汉哪还理贺天保，只是用尽力气刀刀棒棒一下下往贺天保身上招呼。贺天保心中气急，喝道："你们俩快别逞能了！今天我要是不把你俩抓住，哪还好意思叫什么江南四霸？你们有什么招式尽管使出来，你贺爷爷今天就要跟你们决一死战!"那两个人一愣，赶紧停下了攻势，问贺天保："莫非您就是贺天保贺大爷?"这回却轮到贺天保吃惊了，只得点了点头。原来这两人所说的黄寨主正是黄天霸，听说这飞熊峪附近有家黑店专门劫杀住店的来往客商，于是派了二人前来铲除。贺天保赶紧回去跟施仕伦讲明了经过，施仕伦听了急于去见黄天霸，于是一行人跟随两个壮汉往山里去了。

　　却说施仕伦见了黄天霸，心中百感交集，同贺天保三人喝着酒，一直聊到很晚，天霸心中其实也挂念施仕伦，也想跟随施仕伦一同前往山东上任，但一时又不知道怎么开口。这边施仕伦想起自己上次伤了黄天霸的心，一时也没了主意，不知道怎么劝黄天霸跟随自己，心思一动，就把于六、于七的事情说了一遍，又故意用话激黄天霸。黄天霸一听恩公笑自己胆小，以为施仕伦说自己打不过于六、于七，顿时皱起了眉头，情急之下便立刻答应跟施仕伦和贺天保一起前往山东剿寇。

　　没几日，施仕伦便赶到了济南府上任，到了府衙便叫知府把大小案卷拿来查看，发现其中有一件案情很奇怪，是说一个叫金有义的无故杀了赵三,可是这死了的赵三和金有义素不相识,从未结仇,也没找到凶器,但是最后结案的时候这个金有义却对杀死赵三的事供认不讳。施仕伦看了觉得蹊跷,决定重审此案。

第二天,施仕伦叫官差带了人犯金有义的母亲上堂问话,见老妇人跪在堂下,施仕伦便问:"你可知道你儿子金有义明明不认识死者赵三,为什么要杀他?"老妇人答道:"青天大老爷,我儿子金有义他是被冤枉的!我儿子为人老实,对我也非常孝顺,出事前些天他在自己房里发现了一个木匣子,里面放着五个大元宝,各个上面系着红绳。我儿子见了非常高兴,觉得是上天看我们娘俩穷苦赐给我们的,可是我却觉得这是不义之财,不准他留下,金有义自然不同意,我也劝不了他,于是他便每天枕着这个木匣睡觉。可是有一天半夜,我在睡梦中突然听到他大喊:'母亲快来!不得了啦!'我赶紧跑到他房里一看,原来他半夜梦见枕着的匣子变成五个白胖的娃娃,手拉着手对他说:'金有义,你运气不好,我们五个不能留在这了,你要是想找回我们,就到离你家三里远的富家洼去找我们吧!'说着就跑了,我儿子顿时惊醒了,回手一摸却发现匣子不见了。我赶紧劝儿子不要贪恋不义之财,他却不肯,四更天时出门去找银子,我只好在家等他,哪知道等到早上天亮了都没回来。我这当妈的只好出去找他,却在街上听邻居说,我儿子在富家洼杀了人,还把人家脑袋砍下来装在匣子里抱在怀里,哪知道路上遇见知府,被抓了个正着。可是,我这儿子在路边看见受伤的小鸟都要带回家养着,怎么可能杀了人还把脑袋抱在怀里? 他是冤枉的啊!"堂上的施仕伦听了觉得稀奇,便叫官差把人犯金有义也带到堂上来,这金有义所说跟他母亲所说竟然一字不差,施仕伦明白事情的确像母子俩所说的。原来,金有义当天四更出了家门,走了一顿饭的工夫就到了富家洼,在富家门后看见了丢失的匣子,心里高兴,抱在怀里就走了。没想到没走出多远就碰到了知府大人,让公差逮住,打开匣子一看,里面竟然放了一个人头! 哪有元宝的影子? 知府不容金有义辩解,回到衙里用尽各种刑罚,屈打成招。

施仕伦听完便问坐在一旁的知府:"知府大人,本官觉得金有义杀死赵三这件案子其中另有隐情,你不介意我再详细问问其中的原因吧?"知府恭敬地回话说:"施大人才学过人,卑职实在赶不上。况且本人才疏学浅,如果有什么想得不周密的地方,还请施大人赐教!"施仕伦越听越气,冷笑着说:"知府大人这话就不对了! 断人命案的官员怎么能才疏学浅呢? 要知道这城中百姓的性命可都掌握在知府大人的手里。冤枉人命,天理难容!"施仕伦问金有义的母亲:"你儿子四更出门找银子的时候手里拿了什么东西吗?"老妇人回道:"没有,我儿子是空手出去的。"施仕伦又问知府:"知府大人是什么时候看见金有义的?"知府回道:"卑职正是四更撞见。"施仕伦说:"这就奇怪了,金有义四更离开家,知府大人也是四更碰见他,这金有义哪来的时间杀人呢? 再说深夜之中,金有义又没有凶器,难道他空手杀死了赵三? 何况金有义既然杀了赵三,也没有道理再把他的脑袋砍下来放在匣子里抱回家去啊！本官这就不明白了，请问知府大人，杀人的凶器是什么？"知府已经满头大汗了，赶紧回道："卑职把金有义抓回衙门里审问之后，他当堂就招认了，说用刀杀了赵三后，把凶器扔进了河里。卑职派人打捞却没找到，但是金有义自己招供画押之后，卑职才结案的。"施仕伦冷笑道："知府大人，本官有几句话要劝你，你要仔细听好。你我既然享用着国家的俸禄，就当滴水之恩，涌泉相报。审案关系到广大百姓，自然应该仔细小心，何况人命重案，更得慎之又慎！"

原来，死去的赵三是名猎户，每天三更就得上山打猎。由于猎户打猎尽量两两结伴而行，那样即使遇到猛兽也不至于伤了性命，所以赵三一向都与邻居冯大生一起上山打猎。赵三死的那天是三更出了家门，跟冯大生一起在富家后墙下面发现了那匣银子，两人对这五个元宝，你也要多拿我也要多拿，几句不合就扭打起来，冯大生一刀砍死了赵三，把元宝揣进自己兜里，又砍下赵三的脑袋放进匣里摆在富家后面，好把人命案栽赃给富家，却没想到来找元宝的金有义成了替罪羊。幸亏施仕伦有心，发现疑点，才使屈打成招的金有义得以重获自由，真凶冯大生终于被绳之以法。

赵二错把人头当元宝

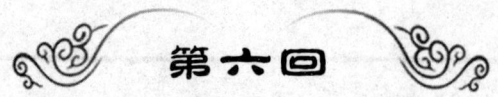

第六回

力擒抢粮匪
用计炮斩黄隆基

　　这天黄天霸、贺天保以及众豪杰正聚在一起，讨论如何提防于六、于七两个土匪，保护赈灾粮草的事。施仕伦正一筹莫展，只听黄天霸说道："任他于家有多少狐群狗党、虾兵蟹将，我黄天霸可从来没被他们吓住。要说咱们各位只要齐心协力保护好恩公，各自尽忠，用尽全力与他们杀个你死我活，难道还怕了这帮草寇不成？恩公大可不必为这些匪类忧心忡忡。"众人听了都觉得黄天霸说的有道理，施仕伦却劝天霸："我听说于六、于七近来召集了不少人马，必然是有备而来。就怕赈灾的粮草一到，忙乱之中被他们趁火打劫。保护赈灾粮草乃是大事，若稍有疏忽，施某人上有愧于朝廷，下无颜面对广大灾民，所以最好还是能事先商量出一个万全之计。各位虽然个个武艺高强，但是人少总觉得势单力薄，我看还是调些精锐官兵来保护灾粮，以确保万无一失。"施仕伦这话黄天霸当然不爱听，说道："恩公，不是天霸斗胆，但是依我看，既然已经有我们这几个人保护您和灾粮，就不用再调集什么官兵了。单凭我三支金镖的厉害，众位兄弟齐心协力抓住于六、于七两个土匪简直易如反掌！"贺天保见两人意见不合,连忙打圆场说:"施大人说的有道理!我们都是粗汉子,不懂得深谋远虑,只知道一味蛮干,就怕到时候临时误事。"

常言说的好:"艺高人胆大",黄天霸刚刚这话说的未免太骄傲了,施仕伦听了心里真是喜忧参半。喜的是自己深知黄天霸武艺高强;忧的是担心黄天霸只知道自己是高手,却忘了人外有人、天外有天。于是面露难色,也好意劝了天霸几句。其实黄天霸是想到自己这段时间不在恩公身边,这次与恩公重逢更是急着想立功,刚刚又被施仕伦的话一激,所以放出了些大话来,听了恩公的劝说自己也觉得有些惭愧,连忙说:"恩公千万别跟我一般见识,天霸年纪小,不懂得深谋远虑,只知道尽忠杀敌,有勇无谋。保护灾粮事情重大,本来就不是只凭几个人的力量就能办成的。还是贺大哥说得对,咱们千万不能临时误事!"贺天保于是又说道:"我对于家兄弟比较了解,下面的话大家听了,可别说我长贼人气焰、灭自家威风。现如今咱们是为了保护灾粮不被土匪抢去,跟平常杀敌抓贼可不一样,不把一切安排稳妥,就怕到时候弄得光顾着打仗,顾不上保护灾粮。贺某知道那于六使得一把飞爪,三十步之内能置人死地;于七有一条软鞭,用得很精妙;他们还有个叫方小嘴的谋士,这人一肚子坏水,擅长算计。这三人手下还有一群在江湖上颇有名望的头目,小喽啰更是人数众多。当地官员拿他们没办法也就算了,如今既然有我们这些人跟随施大人,如果灾粮又被土匪抢去,岂不太丢人了?贺某觉得,这些土匪肯定不会上船抢粮,肯定是等到全部灾粮都运上岸后，到了夜里才会动手。到时我们兵分几路埋伏在暗处，等他们开始动手之后，以炮声为令，大家一齐杀出来！俗话说得好：擒贼先擒王。我们先合力擒住于六、于七和方小嘴三人，剩下的小喽啰一看头领被抓，必然无心恋战，便成一盘散沙，到时一见有官兵追赶肯定都会扔下粮草，各自逃命去了！如此一来咱们岂不是既保住了粮草，又抓住了贼寇？"施仕伦听了顿时放下了心，众人也都点头称是。

　　就说这天于六、于七正在寨中闲谈，忽然有探子来报，说运粮的船只就快到了。两人听了高兴得不得了，心想要是能把这次赈灾的灾粮抢来，那可够全寨兄弟吃上好几年了。两人深知自己只不过是武艺好，向来行事鲁莽、毫无谋略，于是吩咐小喽啰摆好桌椅酒席，再把方小嘴请来，三人一同商议抢粮之计。三人坐下后，于七先倒了一杯酒递给了方小嘴，然后才给自己和于六各倒了一杯酒，举杯说道："皇上给山东赈灾的灾粮就要运到了，方兄弟倒是说说这灾粮咱们要怎么个抢法？"方小嘴笑道："抢灾粮事关重大，当然要想出一个万全之计才能动手，要是依着你们俩的性格，肯定不等运粮的船只靠岸就跑到船上去抢了，这样一来，就算没被抓到砍头，也一斤米都抢不来。"于六一听，赶忙接口说："上船肯定是不行，但是我们可以等他们把灾粮运到岸上以后再动手啊！"方小嘴说："那灾粮一袋一袋的，一个人才能背多少？再加上有官兵把守，看见有人抢粮肯定会过来追，这时想要脱身还是得扔掉粮袋，最后到手的不过几袋米而已。再说，如果咱们一次不成，官兵必然增强守卫，哪有机会再去抢第二次？"听了方小嘴的话,于六、于七只是各自发愣,真是一点主意都没有,半天说不出话来。方小嘴又说道:"这次钦差粮仓总督是康熙爷最欣赏的人,叫施仕伦,他在百姓之中更有包公的美称。而且他手下有许多投诚的绿林能人,咱们要是下山抢他的灾粮可得万分小心。"于七听了来气,问道:"方兄这不行、那不行,没用的说了这么多,能不能听我说一句?这次的灾粮咱们如果不去抢,肯定会被江湖上的朋友嘲笑,说咱们弟兄没能耐,只知道欺负善民客商,遇到了大买卖却不敢干。我于七就算因为抢粮丢了命,那也算在江湖上留下了名号,死了也让人佩服!"方小嘴想了想说:"这回的灾粮如果非抢不可,就只能等他们把所有灾粮都运到码头,全部搬到岸上堆积在一块的时候,趁着半夜前去,攻其不备,才有可能成功。估计从现在到灾粮全部搬上岸边还得十天左右,两位兄弟应该趁现在叫人下山把需要的东西准备齐全,等时机一到再动手。"于六、于七赶紧派人下山准备车马,就等时机成熟。如此看来,贺天保果真神机妙算,完全猜到了这帮土匪的心思。

没过几天,运来的灾粮就已经全部从船上卸下来,搬到岸上堆到了一起。贺天保料想于六、于七半夜一定会来抢劫灾粮,施仕伦调拨的四百精兵也已经各就各位,贺天保嘱咐黄天霸留下保护施仕伦,自己和关小西、王栋、陈杰、李俊、张英等人兵分四路,各带五十精兵埋伏在粮垛的东、西、南、北四个方向。夜里不到三更,于六、于七和方小嘴果真带着手下来到了河岸边,这帮土匪见米垛周围并没有官兵把守,便朝着米垛蜂拥而上,撮米的撮米、撑口袋的撑口袋,七手八脚如入无人之境。这时突然传来一声炮响,埋伏在四周的精兵强将见了抢粮的土匪早就红了眼,听到炮声顿时个个抖擞精神,呐喊着便冲了出去。再看那些抢粮的土匪,本来正忙着装米,猛然听到一阵打雷一般的炮声全都吓呆了,再看四周突然亮起一片火光,喊杀声震天,赶紧都扔下手中的米袋逃命去了。于六、于七一看大事不好,也连忙分开两路,各自逃跑。于六没跑多远,就看见方小嘴已经被一群官兵擒住,心顿时往下一沉,这时于六只听到身后有人大喝一声:"恶贼哪里跑!"回头一看,正是贺天保追了上来,飞身上前朝着于六就是一刀。于六赶忙用枪 嘟一声把贺天保的刀架了过去,哪知道贺天保回身又是一刀,于六心想:"这人使得一手好刀,比刀枪我根本不是他的对手,再恋战下去恐怕我要吃亏。与其等到最后被他压制住,不如早点施展飞爪来脱身。"于六拿定主意之后虚晃了几下枪头,便假装败下阵来。贺天保抓于六心切,看于六败走不知是陷阱,紧追其后,没防备于六掏出了飞爪,猛地朝自己扔了过来。贺天保明明早就知道于六的飞爪用得巧妙,偏偏因为着急抓住恶匪疏忽大意,被于六扔出的飞爪正中脖颈,飞爪上的铁刺倒钩扎进皮肉里,深至骨头,鲜血直流,于六见天保中了飞爪,料想他活不多时了,赶紧趁贺天保摔倒在地的时候逃走了。王栋一直跟在贺天保身后一起追捕于六,看见贺天保突然倒地不起,赶到跟前才发现贺天保中了于六的飞爪,整个脖颈好像被抓烂了一样,浑身上下已经被血染红了大半。王栋也无心去追于六,赶紧把贺天保送回了施仕伦所在的帐篷中。

贺天保托孤

施仕伦一看贺天保伤成这样,心中十分不忍,贺天保恢复了一点儿意识之后把天霸叫到了身边说:"你我从小就结拜兄弟,这次我恐怕要先走一步了,我死后你要忠心侍奉恩公。我跟你嫂嫂有一个儿子,他叫贺人杰,我死了以后你要把他当作亲生儿子一样!咱们兄弟俩的情分虽深,却没想到相聚的时间这么少,你快过来,咱们俩再拉拉手,过了此时咱们再想见面,恐怕就只能在梦里了……"贺天保托付黄天霸这几句话真是言有尽、意无穷,是发自真心的舍不得,说得在场的人都纷纷掉了眼泪。黄天霸更是悲痛得捶胸顿足,施仕伦也在一旁暗暗擦着眼泪。这时贺天保疼得"唉呀"一声,不久就气绝身亡了,黄天霸见状,顿时感到胸中憋闷,悲痛过度,一头栽倒在兄长的尸首旁,过了半天才渐渐转醒。

此次虽然保住了灾粮,捉住了方小嘴,却被土匪于七给跑了,施仕伦也痛失爱将贺天保。黄天霸安葬了兄长的尸首,立刻去抓回了于六,当即砍下仇人的脑袋,挂在贺天保坟前,才算是给兄长报了仇。康熙如何大赞施仕伦剿匪保粮立下大功,又追封贺天保世袭正指挥之职暂且不表。

就说这天施仕伦在衙门升堂,看见有好几个人在门外喊冤,于是命人把喊冤的这群人带上堂来问话。为首的人递上了一张状纸,施仕伦看了状纸才知道,这些人都是城中百姓,他们状告皇粮庄名叫黄隆基的庄主和他的管家乔三。这个黄隆基仗着自己在京城有人撑腰,常常欺压地方百姓,谁要是看见他没有起身行礼,他就叫管家乔三带人围殴,常常将人殴打致死，最后连尸首都不许家人领回，他庄里养了百十来条狼狗，尸首全拖回去喂狗了。这个黄隆基不但是一恶霸，而且专好美色，自己明明已经有十几个妻妾，还是常跟乔三一起到处探访，一瞧见别人家妻子女儿长相貌美就强行霸占。施仕伦听完，心想这黄隆基不过是个粮庄庄主，家中富有而已，怎么敢如此目无王法、横行霸道？如果状纸中写的属实，那本地的官员又怎么会不闻不问呢？总觉得状纸所写的太过离谱，心想："不能只听告状的一面之词，还是得了解一下真实情况才行。"于是把关小西叫到跟前，让他到黄隆基的粮庄中暗访一趟。

关小西进了皇粮庄，见了庄主黄隆基，只说自己是替施仕伦前来拜见黄庄主的，只见那黄隆基长的就是一副恶霸的嘴脸，庄中庭院设计、家具摆件都不比京城的皇亲国戚差，全是稀世珍宝。关小西看黄隆基见自己的时候虽然态度傲慢，倒也没什么出格的，访了一圈也没看见半条狼狗的影子。关小西正要出庄，却被一个小仆人拉住，小仆人看四下无人连忙低声说："这位大爷小心些吧，刚刚是你命好，见了我们老爷没下跪，竟然没被他责罚。等会儿我们老爷回来再跟你问话的时候，你可千万要跪下！好汉不吃眼前亏，你再这样老爷一定不会饶过你了！"关小西一听，假装说："谢谢老弟提醒，我知道了。"又问道："我听说你们庄里有好多厉害的狼狗，可我怎么连个狗影子都没看到？"小仆人说："大爷不知道，我们庄里养了一百多条狼狗，凶恶极了。但是这些狼狗只在夜里才放出来，白天都关在庄北的院子里，有四个人专门负责喂养,外面的人都把我们庄叫恶狗庄。"关小西赶紧回到衙门里,把探到的情况告诉了施仕伦。

施仕伦派出关小西之后,自己也扮成了一个算命先生的模样走出衙门,微服暗访去了。这一访不要紧,施仕伦这才知道黄隆基的恶形恶状早就让百姓怨声载道,往届的官员也不是没查办过他,只因为这个黄隆基在朝中有后台,总有上面的人给他求情,做他的保护伞,所以才让黄隆基一直逍遥法外。施仕伦回到衙门里听了关小西的叙述,知道百姓所说确实是实情。于是施仕伦立刻叫黄天霸带领一队官兵前往恶狗庄,把恶霸黄隆基捉拿归案。

黄天霸一走,施仕伦心想:"这黄隆基早就该砍头,全靠上级官员每次都替他求情,他才得以保住脑袋。照理说黄隆基本应该有所收敛,哪知道他竟然更加肆无忌惮地行凶作恶!这次我治他的罪不难,但是上面肯定会有人来给他求情,我如果不事先安排妥当,万一被他再次脱罪,岂不是又要危害百姓!到时候他对我有了防备,我再想办他恐怕就难了。"想到这,立刻给皇上写了封奏折,说明了黄隆基的罪状,求万岁爷降旨赐黄隆基死罪。

且说黄隆基被带回衙门里,施仕伦升堂问了罪画了押,按照大清律法判黄隆基死罪。黄隆基也不急,心想施不全不过是个粮仓总督,等到自己朝上的贵人来替自己说话,自己就又可以像以前一样脱罪回家了。

处斩黄隆基当天一早,施仕伦端坐监斩棚中,当地官员分别站在左右,这时只见一人从角门跑进来,慌慌张张地报告说:"大人派到京城的人回来了,说是有圣旨到,请大人快去接旨。"黄隆基一听有圣旨,心里乐开了花,以为是给自己讲情的,但施仕伦心里知道是黄隆基的催命符到了,连忙接了圣旨,打开一看上面写着:"钦差施仕伦,奏皇粮庄黄隆基,作恶多端,乃是十恶不赦之徒。圣旨一到,当即按大清律法治罪,立刻斩首。钦此。"施仕伦读完圣旨便说:"堂下的人听好:现在有皇上圣旨让本官立刻将恶霸黄隆基斩首示众,为民除害!"当地的官员本来还想替黄隆基说几句好话,一听皇上都不让黄隆基活,赶紧都闭上了嘴。于是左右官差把黄隆基带到刑场,恶霸垂头丧气正等死的时候,突然听到有人喊道:"刀下留人!圣旨到了!把黄隆基带回京城治罪,不许伤其性命!"刽子手一听,赶紧停了刀。只见一人骑在马上直奔法场而来,一边走一边高声说:"刀下留人!北城门外有圣旨到,文武官员违背圣旨者一律问罪。"这下可把施仕伦弄糊涂了,只好让来人先回去给钦差报信,说自己马上就出城接旨。等官差走后,施仕伦越想越不对劲:"这圣旨未免来得太奇怪,我没等抓着黄隆基就写奏折请圣上降了罪。刚刚圣旨也到了,让我立刻将黄隆基斩首示众,怎么变成带回京城,还说不许伤他性命?自古君无戏言,不可能这样反反复复。"施仕伦猜这第二道圣旨是恶霸的党羽捏造的,但是没有百分之百的把握又不能抗旨不遵,于是想了一个一箭双雕的办法。施仕伦在监斩棚内朗声说道:"先前圣旨命本官立刻处斩黄隆基,现在本官因为要去看看那第二道圣旨究竟是真是假,不能在此监斩,但若误了处斩的时辰总是不好,刽子手就以本官炮声为令,北城门外炮声一响,立刻把黄隆基斩首示众!"
然后带着黄天霸、关小西,推着一门铁炮到了北城门外。

　　一群人出了城门就看见一队人马在那等候,施仕伦见那
队人里穿着太监衣服的个个脸上都胡子拉碴,顿时明白了大
半,心说我诈一诈他们看看如何,便大喝道:"大胆奴才,钦差
在此,你们竟敢不跪?"众人连忙下马跪下,那手持圣旨的太
监见众人都下马跪倒,他也心虚了,赶紧也下了马。施仕伦
一看,更确定是假传圣旨,接了假圣旨后,扭头跟关小西小声
说:"小西快放炮,好叫城里的刽子手立刻斩人!"小西赶紧点
了铁炮。城里刽子手见炮声已响,立刻手起刀落砍下了黄隆
基的脑袋。施仕伦假意带着假传圣旨的一帮人回到城中,走
到城门口时却发现其中一个太监打扮的想要溜走,被关小西
当即抓住,原来这人就是黄隆基的管家乔三,正是此人设计
了假传圣旨的闹剧。施仕伦一点也没客气,当即将这群大胆
妄为、假传圣旨的狗奴才判了死罪,一个接一个全砍了头。
在施仕伦的帮助下,城中百姓终于摆脱了黄隆基和他手下一
帮恶奴的欺压,人人喜上眉梢,都称赞施仕伦是包青天在世,
活菩萨显灵。可就像施仕伦自己说的,杀恶霸虽然是为民除
害,但却让恶人恨透了施仕伦。刚刚被斩首的黄隆基有个小
舅子名叫罗似虎,外号叫作恶阎王,听说姐夫被施仕伦给砍
了,气得好几天没睡,下定决心要替姐姐出气,更要给姐夫
报仇。

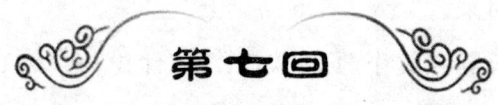

第七回
施不全遇险
众豪侠擒罗似虎

上回说到黄隆基的小舅子罗似虎要替姐夫报仇。这个罗似虎在当地名声也不小，他哥哥是宫中王爷手下的侍卫总管，早年用钱在当地给他买了个小官当。罗似虎这人没什么大能耐，但却最爱仗势欺人。那天黄隆基和乔三被斩首后，乔三的弟弟乔四哭着找到罗似虎，把施仕伦如何告御状用计杀了黄庄主和哥哥，前前后后讲了一遍。罗似虎听了顿时气得说不出话来，一心要杀了施仕伦替姐夫报仇，但想到施仕伦现在乃是皇上的钦差，身边又有众多高手保护，一时之间很难得手，要想成功还得从长计议。

施仕伦结了黄隆基的案子，这才想起当时贺天保被于六用飞爪所伤，是壮士王栋把重伤的贺天保带回了营帐中，可是安葬了贺天保之后王栋就不见了踪影。施仕伦心里明白，王栋肯定是因为没保护好贺天保，还放跑了于六，心中有愧，更觉得没脸面对大家，所以才一走了之。施仕伦知道贺天保的死是不能怪罪王栋的，心想：王栋这个人原来这么重情义，如果就让他这么走了，往后他必然觉得本官怪罪他了。于是施仕伦把黄天霸、关小西叫到身边，嘱咐他们两个人连夜去把王栋找回来。

等黄天霸和关小西启程之后,施仕伦一个人在书房里正看书看得入迷,突然听见外面有官差开道的吆喝声和轿夫的脚步声。施仕伦心里正奇怪怎么这么晚还有官员上街,却看见一个矮个儿老头推门进了书房。只见这老头穿着粗布衣,手里拄着一根比他自己还高的拐杖,笑着开口对施仕伦说:"这位大人,老夫有事求你,所以才深夜来拜访。"说着用手往窗外一指。施仕伦顺着老者指的方向看去,看见一个官差手里提着一面锣敲了三下,竟然从锣里跑出一群绵羊,跟着又跳出一只老虎那么大的灰老鼠,赶上去把这群绵羊又抓又咬,折磨得鲜血淋漓。施仕伦正看着生气,却看见那只老虎一样的老鼠龇牙咧嘴朝着自己跑来,顿时吓得动弹不得,心想自己恐怕小命难保。就在此时,又从远处跑来两只猛虎,从施仕伦身上抓下大老鼠,几下就咬死了,等施仕伦回过神来找那个老者,却哪里还有什么人? 一群动物也早没了踪影。施仕伦回想刚才的场面,不由地怀疑自己究竟是在梦中,还是遇见高人指点,思来想去还是觉得蹊跷,心想一定是当地有冤情所致。

第二天施仕伦把当地官员叫到一块儿,问道:"这一带有没有一个姓罗,名叫如虎的人?"众官听了害怕,因为他们为了仰仗罗似虎的哥哥,向来跟罗似虎交情不错,但钦差问话又不敢撒谎,只好个个装聋作哑,低着头不说话。只有知府心里知道自己不说施仕伦也会追问,只好赔着笑脸说不知道有这么号人。施仕伦一看这帮官员的那副德行,就知道他们肯定对这个姓罗的非常熟悉,所以故意隐瞒。于是施仕伦说道:"没关系,本官就是随便问问,正好明天我要回京城去见皇上,一定会替各位在万岁面前说点好话。"其实施仕伦并不回京城,他这么说是为自己亲自到民间私访做好安排。

第二天,施仕伦找了一块白布,照老样子提笔在上面写了几行字,两头用竹竿绷紧了挑起来,换上粗布衣服扮成算命先生的模样,嘱咐贴身仆人说:"本官这就去私访危害当地的恶人,天黑了就回来。万一掌灯的时候还没见我回府,那就准是出事了,等天霸和小西回来就叫他们去找我。还有,我出去之后,你就说我去京城见皇上了,千万别说错!"说完就从后门出了府。

施仕伦自出了府门,一边走一边想这个姓罗的到底做了什么,不知不觉就出了城,来到一处村落。施仕伦正觉得有些口渴,恰好看到路边有一个茶馆,于是赶紧走了进去。小二看有客人上门非常热情,也不嫌施仕伦扮成个算命的,给施仕伦上了茶,一边忙前忙后地一边跟他聊起了天。施仕伦看这伙计性情和顺,于是问道:"掌柜的,你们村里可有个姓罗的人家?"伙计听了跑到施仕伦身边坐下,小声说道:"客官,既然你不是本村的人,我告诉你也没什么关系。这方圆百里以内只有一家姓罗的,村子东边的那个大宅院就是他家产业,他家主人姓罗叫罗似虎,人人见了他都要打冷战!这人又有钱又有势力,所以在这一带横行霸道。被他害过的人家不计其数,仗着他们罗家在京里有人,罗似虎跟官府里的人都称兄道弟,连刻假官印、画假银票的事情都敢干,出门还总带着一帮打手,比本州知府还有派头呢!最近还听说罗似虎看上了家里一个女仆,强行霸占了人家还不算,怕人家丈夫去报案,竟然活活把她丈夫打死了,最可恨的是还把尸首大卸八块扔到河里了。客官您说,这样的恶霸是不是该千刀万剐!"施仕伦听到这儿早气得脸都绿了,只能强忍着怒气,以免露出破绽。这时忽然有两个大汉闯进茶馆中,两人一看见施仕伦挑着算命的白布,就大步走到了跟前,伸手便拉住施仕伦大声说道:"算命的跟我回府里给我们老爷相面去!"施仕伦问他:"你们老爷是谁?"那人说:"要问我们老爷,他就是罗似虎罗四老爷。"施仕伦一听,心说不好,这不是大祸临头吗?连忙推辞。那俩大汉哪管他愿不愿意,拎小鸡一样把施仕伦带回了罗家。

三人到了罗府前厅门口,两个大汉叫人去通报罗似虎。施仕伦从两人后背中间的缝隙看过去,只见屋里上面坐着个人,下面一帮打手压着一个人跪在地下。上面其中一人骂道:"王八羔子!你算什么东西?看见罗四爷还敢在那说些乱七八糟的话,我的人教你规矩你不但不听还要打架,真是反了你啦!你也不出去打听打听,别说十里八村的老百姓了,就是官府里当差的见了我们罗四爷,哪个不是点头哈腰的?哪有一个像你这样的,真是瞎了眼了!"于是竟然就叫一帮打手拿来一把石灰,把地下跪着的人双眼烧瞎了。施仕伦见了这情形心里真是又气又恨,不多时那瞎了眼睛的被众人拖了下去。堂上坐着的罗似虎叫人把施仕伦请进屋去,上下打量了一番,先是觉得他罗锅儿、跛脚、体态丑陋,接着看见施仕伦手中的白布上头写着一行大字是"全不识山人",下面还写了两行小字,一边是:"残眼能观善恶分贵贱。"一边是:"歪嘴直言祸福辨忠奸。"罗似虎看见这两句话吓了一跳,心想:"这两句话哪像一般的穷算命的写的,听说施仕伦以前曾经扮成算命的到民间私访,难道是他特意来查我?"于是问道:"麻子,你那块布上写的什么幌子?'全不识'三个字倒过来念才是你'施不全'吧?"施仕伦没想到这罗似虎这么精明,赶紧解释道:"'全不识山人'五个字是在下外号,因为另两句口气太大,怕江湖上的先生看了要生我的气,所以取了'全不识山人'自谦,方才老爷说的施不全小人确实不知。"罗似虎冷笑道:"你不懂得?你不懂得我可懂得!算了,你先给我看看本爷面相如何。"施仕伦见恶霸已经起了疑心,只好随便拣了些好听的说了,罗似虎被哄得眉开眼笑,渐渐放松了警惕。却说乔四自从投奔了罗似虎,就一直待在罗家,此时就站在罗似虎身后。乔四见罗似虎心情不错,唯恐他放走了施仕伦,自己哥哥的仇就不知道什么时候才能报了,赶紧走到罗似虎身边低声说道:"四爷别犹豫了,这人肯定就是施仕伦没错,他从一开始就把四爷您当成是个粗人,嘴里说些好听的把您当小孩子哄!咱们现在就应该杀了他给各自的兄弟报仇!"罗似虎一听也觉得自己被要了,喝道:"你这麻子别再装相了,你仗着自己是钦差就跑到我家里来吓我!你本来不过是个运粮的粮官,黄隆基跟你有什么深仇大恨,你想尽办法把他杀死?我正想找你,没想到你自投罗网,今天我就要为我姐夫报仇!"于是叫人拿来马鞭,顿时从周围站出三四个打手,把施仕伦围在中间,揪起施仕伦的领子把他按倒在地,用藤鞭朝他狠狠打去,只听唰唰声不绝。施仕伦被这雨点般的鞭子打得钻心剜骨的疼,只觉得立刻死去反倒痛快些。罗似虎看施不全身体瘦弱,也不想立刻就把他打死,这时管家又回话说,派去的探子说施仕伦回了京城。罗似虎一听这消息,顿时没了主意,也不知道面前被打的人到底是不是施仕伦,于是叫众人住手,命家仆先把施仕伦捆好锁在仓库里关起来,折磨几日再作打算。施仕伦在罗似虎家中受尽折磨,吃了多少苦头暂且不表。

且说黄天霸和关小西二人找了很久也没有发现王栋的下落,这天正巧遇到一伙强盗抢了一个路人,正要杀了灭口,天霸和小西立刻冲上去赶走了强盗救下了那个倒霉的路人。这人看见天霸,上下仔细打量了一番,说道:"小的认识您,您是施青天手下的壮士!"原来这人是黄隆基一案的证人之一,上过公堂也见过黄天霸和施仕伦,他今天正从阿姨家出来,不幸遇到强盗,被这二人所救。巧在他的阿姨正是罗似虎家的仆人,知道黄隆基被杀后罗似虎对施仕伦恨之入骨。这路人到阿姨家串门,正巧目睹施仕伦被罗似虎关在家中,于是特意赶回城里去报官。黄天霸和关小西听了顿时吓出一身冷汗,赶忙快马加鞭,直奔罗似虎家而去。

话说黄天霸虽然知道了施仕伦被罗似虎抓住,却不清楚恩公到底是吉是凶,跟关小西两人一起赶到罗似虎家院子后面,纵身跳到房檐之上,潜入了罗家院内,趁着夜色的掩护悄无声息地来到一处窗户下面。环视各处,只见大部分屋里都点着灯,声音嘈杂,院子里也不断的有人来来回回地进出。两人左右找了好几遍,却一点眉目也没有,黄天霸眼看着恩公身处危险之中,生死未卜,却不知道被恶人藏到了什么地方,心里甭提有多着急了。两人正束手无策的时候,只听到一个声音恶声恶气地说:"你敢肯定里面那个相面的就是施不全吗?"另一个声音说道:"小的不敢在罗四爷面前撒谎,那人到黄大爷庄里的时候我见过他好几次,就是施不全!"另一个又说:"你小子看准了,别杀错了人,回头给我惹出什么祸端!"那奴才回话说:"罗四爷,您都已经把那人打了一顿马鞭子,衣服也撕烂了,现在他早满脸是血,你关了他这么长时间,就算他不是施不全,您也不能放了他啊!管他是不是施不全,您只要把他交给我,等夜深人静我就去把他杀死,然后大卸八块用麻袋装好扔到井里去,保证神不知鬼不觉。"原来说话的正是罗似虎和乔四,两人下面的话天霸虽然听不清楚了,但是心里也顿时又惊又喜,喜在知道恩公还没被罗似虎伤了性命,只是眼见这恶奴要狠心加害恩公,明白眼下还是要尽快知道恩公被关在哪里才好。黄天霸抬头看了看天上星斗的位置,知道现在是一更天左右,赶紧又和关小西分头在各处宅院里寻找施仕伦的下落。

却说施仕伦自从被罗似虎叫人打了一通鞭子后,就被捆得结结实实锁在了仓库里,仓库里本来就闷热难忍,加上施仕伦身上有伤,心里又着急,不多时就出了一身虚汗,昏死了过去。等到天黑之后,仓库里慢慢转凉了些,此时施仕伦才醒了过来,意识一清楚,顿时觉得浑身上下疼得散了架一样,不自觉地口中"哎哟"一声。黄天霸这时正巧来到仓库附近，加上好汉的耳力不凡，猛然听见恩公的呻吟，心中大喜，正要前去营救，却看见恶奴乔四正往这边走来，手里提着一口宰猪的大刀要取施仕伦性命。关小西见状朝天霸使了个眼色，叫他先去营救恩公要紧，这个恶奴就交给自己吧，只见关小西身形一闪，转眼间来到乔四身后，没等乔四叫出声来便抬手用刀背砸在乔四后脑勺上把他打晕了。天霸在仓库四周巡视了一圈，趁着没人进到了仓库之中，来来回回在一摞摞行李之间转了好几圈，才看见施仕伦躺在高粱囤后面。黄天霸赶紧快步跑到施仕伦面前跪倒说："恩公受罪了，天霸没能及时来救恩公，还望恩公恕罪！"施仕伦见了黄天霸，知道自己性命无忧，身上顿时也没那么疼了，又看见关小西也绑了乔四随后赶来，心里更是有了底。

这时罗似虎估计乔四也该杀了施仕伦回来复命了，却等了很久也不见乔四的影子，眼皮又突突地跳个不停，心里总觉得不安，于是便起身往仓库去找乔四。哪知道罗似虎走到仓库一看，仓库门上的锁链早就被砍断，又隐约听到里面有人说话，只听到一句"天霸没能及时来救恩公……"就吓了个半死，知道黄天霸已经赶来，自己要杀施仕伦的事情已经败露。罗似虎明白此时罗府已经不能久留，家业再大也比不上性命要紧，心想眼下只剩赶回京城投奔哥哥这一条路了，赶紧跑到马厩牵出一匹好马，骑着出了罗府，朝着京城方向快马加鞭地跑了。

黄天霸安顿好施仕伦，立刻前往罗似虎的房里要把恶徒制服，可赶到一看恶徒房里哪有罗似虎的影子？家中众奴仆见罗似虎骑着马跑了，知道主人犯了大错，撇下家业自己逃命去了，众人心里更是担心施仕伦要拿自己撒气，于是纷纷在施仕伦面前跪倒谢罪，施仕伦见罗府没有什么危险了，就只留下关小西在身边，让黄天霸骑马去追罗似虎。

照理说罗似虎骑的是府中最快的千里马，黄天霸本来追不上他，哪知罗似虎跑到半路却被一帮强盗截住，罗似虎赶忙报上名号，以为能吓住强盗，哪知道为首的那个一听罗似虎的名字，恨得咬牙说道："好啊！兄弟们本来干的就是除暴安良、劫富济贫的事，你要说自己是一方良民，我们还不会拿你怎样，你要说自己是罗似虎，兄弟们绝对不会放过你！"说着把罗似虎拉下马绑在道旁的树上。这时黄天霸也赶到了那里，见众强盗要杀罗似虎自然不肯，连忙拦住众人，要把罗似虎带回衙门治罪。强盗自然不肯，两方便动起手来，天霸以一敌众，功夫施展不开，斗了很久都难以取胜，正打得难分难解却听有人叫道："大当家来了！"天霸找个空当回头一看，竟然是王栋走来。原来王栋自从离开施仕伦就在城外和一群绿林好汉劫富济贫，刚刚截住罗似虎的那人叫金大力，也是个爽快的好汉。黄天霸跟王栋一起把罗似虎打晕绑在马上，天霸也说了施仕伦让自己出来找王栋回去的事，劝王栋跟自己一起去见恩公。王栋心中仍然羞愧，怎么说都不肯回去，天霸见劝说不动也实在没有办法，只能带着罗似虎一起赶回衙门。

关小西护送施仕伦带着乔四回到衙门后，见黄天霸也把罗似虎抓了回来。施仕伦虽然身上有伤，但知道罗似虎在京城有哥哥在王爷千岁手下当差，心说要是不立刻斩了罗似虎，等王爷求情的口谕到了，杀不成罗似虎，自己岂不是白遭这些罪？于是强忍着伤痛升了堂，记录了罗府众仆人和百姓的证词，按律法当场斩了罗似虎和乔四两个人。哪知第二天王爷便从京城派人来送信求情，施仕伦回复说："并非施不全不讲情面，只是人已经杀完了，下官也没有办法，还请王爷恕罪。"王爷虽然心里不甘，但是也只能就此作罢。

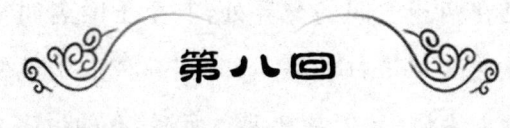

第八回

恶匪扮钦差
金亭计擒"一枝桃"

话说施仕伦为百姓除掉了当地恶霸罗似虎,又在当地发放完灾粮,才带着一群豪杰离开州府起身返回京城。这天一行人走到一处官道,施仕伦从轿子中往外一看,却见这段官路不像别的道上有来往的客商、旅人来来往往,络绎不绝。这条路不但人迹罕至,而且风沙很大。施仕伦见所到之处总有狂风卷着沙尘,好的时候如雾里看花,风大的时候卷起的黑土漫天飞舞、遮天蔽日。施仕伦心里觉得奇怪,于是问黄天霸:"天霸,这里是什么地方,怎么妖风阵阵的?"黄天霸见恩公问自己,连忙催马来到轿子跟前说:"回大人,这个地方叫商家林。"施仕伦又问:"这里明明叫商家林,却连个商人影子都没有,真是奇怪。这里到河间府地界还有多远?"天霸回话说:"这里已经到了河间府的管辖范围,距离城门大概三十里。"施仕伦更纳闷儿了:"既然这里已经到了河间府地界,又是往京城去的官道,怎么路上一个人都没有?看情形这条路很少有人走,竟然荒凉成这个样子。"黄天霸回答说:"这个地方虽然是回京的大道,但是来往的行人和客商却不走这条路,其中肯定是有原因的。先父曾经跟小人说过,当初商家林这一带处在两州之间的交界处，有个土匪名叫窦耳墩，带领一群土匪在这一带打劫路人，时间一久成了气候，虽然朝廷也曾经派人来剿匪，但是却无功而返，有的说窦耳墩被抓，也有的说他跑了，总之此处土匪活动频繁，加上两州的官府都不愿意多管，这里的人烟自然变得稀少了。"施仕伦听了心里暗骂两州官员昏庸无能。

一行人正走着，忽然看见迎面走来一队人马，两伙人越走越近，到了跟前，施仕伦见对面的人马队伍了得，随行车马无数，再看随行的穿着打扮个个讲究非常，竟然都身着皇族侍卫的官服，又看到众侍卫把一个骑马的人保护在当中。施仕伦心想敢摆出这样的阵势，马上的人不是皇亲国戚，就是爵爷贝勒。施仕伦心里一边纳闷儿这千岁跑到此处荒林野地来干什么，一边下了轿，派人上前说道："粮仓总督奉旨钦差施仕伦，从山东放粮回京。"那边骑在马上的人看施仕伦下轿，连忙也下了马，这下施仕伦顿时怀疑起对方的身份，两人走到一块，施仕伦嘴里说着："奴才施不全，如果早知主子驾到自然先行回避。"说着就要跪下请安。那人忙伸手拉住施仕伦，慌忙说："施大人不必多礼，在下哪敢劳烦钦差大人下轿行礼，您还是回到轿中吧。"施仕伦见那人这几句话说得极不得体，嘴里含糊说了几句"恕罪恕罪"之类的，自己就先回到轿子里坐好。那人看施仕伦回去了，自己也上了马，两队人马就此都朝着相反的方向走了。

施仕伦一路上都在想那个千岁贝勒为何举止慌张，明明贵为皇族却仿佛被奴才附身一样，见了自己一脸敬畏，真是稀奇。说话的工夫施仕伦一行人就赶到了河间府衙门，哪知道刚刚安顿好，就听公差报告："外边有两位大人进了公馆。"话音刚落，就见两个官员走到施仕伦面前一起跪倒。只见这两人都身穿上好丝绸缝制的官服，顶戴花翎都用整块油亮的皮毛装饰，一个面容苍老、身躯瘦弱，一个虎背熊腰、黑脸膛，都伸手向施仕伦呈上奏本。施仕伦接过奏本展开一看，心中真是觉得又生气又好笑，原来这两个官员中又老又瘦的是雄县知县蒋绍文，那个黑脸汉子是驿站的军官卢珍。这两人几天前迎接到一位钦差贝勒爷，说是皇上明年某月某日去五台山上香要经过此地，因此叫钦差贝勒提前到此，审查当地各处寺庙香火如何，如果审查不合格就革去地方官员职位，还要诛杀九族、挖倒祖坟。俩县官听了恐怕自己被革职灭族，哪敢怠慢，让这个钦差贝勒在衙门里一连住了三天三夜，哪知道钦差蛮横得不得了，临走还威吓这俩县官。两人唯恐服侍不好，钦差贝勒要回去到万岁面前告状，只好贿赂钦差好多银子。等钦差走后俩县官才觉得事情有诈，所以到施仕伦这来告状。

施仕伦心想："我说刚才遇见的那个人言行怎么这么不得体，连一点皇族子弟的正气都没有，果然是个冒牌货。真的钦差贝勒哪会这么胡作非为，再说钦差走到各处都要先派人通报，各衙门也会接到朝廷发放的文书，我虽然在外放粮，但对朝廷中的大小事情也略有耳闻，怎么没听说万岁要去五台山上香拜佛？这钦差贝勒如果真是假冒的，那这群人也是忒胆大了！真是不把我大清朝放在眼里。这俩呆官虽然不应该上当,但被贼人骗走了不少银子,也算为自己的愚蠢付出了代价,本官就暂且不追究了。"于是收起奏本,叫二位县官先回去等候消息。

施仕伦正愁上哪去找这假钦差,忽然听到河间府知府杜彬前来求见钦差,施仕伦就让人把知府请进屋里说话。杜彬见了施仕伦,施了礼说道:"大人,今天又有一位奉旨前来的钦差贝勒到了本地,让卑职到公馆去迎接。"施仕伦顿时乐了,心想正好,于是嘱咐知府:"大人尽管去迎接他,不要对他提到本钦差。你把这个钦差贝勒带到公馆的前厅去,他如果胡闹你也不用理他,有什么要求你都尽量满足。本官就在前厅旁边的后堂,以便暗中观察他的行动。"

话说知府按照施仕伦的话把贝勒接到公馆前厅,只见这假钦差对下人动辄打骂,要这要那,没完没了。知府因为施仕伦的命令,对这个假钦差的恶形恶状也只能强忍着,哪知道到了晚上假钦差又派人叫来知府,让他准备俊俏女子、美貌少年和许多银两,知府觉得这钦差太过分,本来不愿再忍耐,但又见施仕伦使眼色,只好准备了五百两银子先送了过去。可假钦差非但没安分,反倒嫌银子少,气得知府拂袖而去,跑到后堂向施仕伦诉苦。施仕伦观察了假钦差好几个时辰,看到这里,心下已经确定前厅里的钦差是个冒牌货,于是叫知府再到前厅通报假钦差贝勒说自己刚到,然后带着黄天霸、关小西走到前厅去了。

施仕伦进了前厅,问假钦差到河间府所为何事,那假钦差把皇上上五台山烧香一事又说了一遍。施仕伦听完质问道："尊驾所说皇上往五台山进香的事如果是真的,肯定早在朝中传开,我施仕伦怎么会没听说?此事必然是你编造的!你如果真是皇亲国戚、金枝玉叶,就更应该自尊自重,怎么能做出这种假传圣旨、讹诈官吏的丑事?何况你也未必是皇族之人,你现在要是能说实话,我念在你父母兄弟的情面上也就对你从轻处罚,要是还想欺骗本官,本官一定把你从重法办!"施仕伦的一席话正戳到了假钦差的痛处,这假钦差贝勒看事情已经败露,心想如果施仕伦只是诈自己,要是自己服软了反倒被他看出是假,索性大声怒斥施仕伦:"施不全,你快住口!你一个小小钦差竟敢用话恐吓本贝勒!"施仕伦叫左右衙役把前厅门窗全部关死,接着命令厅中的守卫上去把假贝勒捉拿住。只见那个假贝勒气得站起身大声嚷道:"好你个施不全,反了你了!你还敢说别人不遵王法,我看你才是当今世上最目无王法的人!我乃是皇室宗亲,你身为臣子竟敢叫人抓我?我倒要看看你要怎么捉拿本贝勒!"说完站在前厅正中央,气得大喊:"我看看你们哪个敢动手?"两边的守卫哪知道怎么回事,看见这样的场面一时都没了主意,不知道是该动手抓贝勒还是跪下求贝勒饶命。施仕伦见守卫都停下不敢动手,骂道:"你们这帮不知好歹的蠢奴才!哪个再不动手别怪我砍了他的脑袋!"七八个守卫听了只好硬着头皮冲上去,刚走到假贝勒跟前,只见那人胳膊抡圆了往后一拨拉,几个官差咕咚咕咚全被掀倒在地。假贝勒随身带着的几个假侍卫见状也冲了上来,把屋里的守卫打得落花流水。黄天霸、关小西见状对施仕伦说:"大人,当差的打不过这帮强盗,还是我们两人出手吧。"施仕伦点头同意,又嘱咐二人别伤了恶人性命。天霸、小西武艺高超,小西一人独对假贝勒的侍卫,天霸则跟假贝勒打成一团。那假贝勒身高体壮异于常人,黄天霸明明身高八尺,但也比那恶汉矮了大半头,见一时之间赢不了天霸,气得大叫:"你赵老叔还不信今天赢不了你这矮子了!"施仕伦在一边听了,暗笑贼人露了破绽,哪有皇亲国戚管自己叫"赵老叔"的。不多时,天霸和小西就把一帮冒充钦差的强盗打倒在地,衙役们七手八脚地把人犯绑好投入大牢,等知府审清案情再按律定罪。

施仕伦也没在河间府再做逗留,很快一行人就走出了河间府地界,来到了任丘县城。哪知刚到衙门就听到有人喊冤,施仕伦赶忙叫衙役把喊冤的人带上了公堂,只见那两人跪在公堂上,一人先开口说道:"钦差在上,小人周荣,今年六十五岁,有个女儿名叫玉姐,早就许配了人家,聘礼都送来了,只等选好吉日过门。哪知上个月二十日半夜,小人忽然听见女儿在绣房里惨叫一声,等我起来一看,女儿竟然已经被人杀死,屋里的聘礼也全都被人偷走了,却看见墙上画着一枝桃花,这才知道杀人劫财的是那'一枝桃'。"施仕伦再问另一个人,那人说自己上个月有几天在外做工,等回到家里却看见妻子被人杀死,也看见在墙上画着一枝桃花。施仕伦听完,心想这凶手真是又凶残又奇怪,于是派黄天霸外出暗中查访"一枝桃"的踪迹。

施仕伦计擒假贝勒

　　且说黄天霸自从离开恩公去暗访"一枝桃",在城里城外找了好几天也没探听到什么消息。这天太阳非常毒,黄天霸正好到了城北的集市,看见一处茶楼便走进去歇脚喝茶,刚坐下不久,只觉得隔壁的中年汉子一直暗暗打量自己,心想莫非这人跟我认识?于是黄天霸起身坐到中年汉子旁边,问他是不是认识自己,那人问天霸:"壮士是不是姓黄?"天霸点头,那人看了看四周,只拉着天霸走出集市来到城外一座白云庵内,这才说:"黄爷今年多大了?"天霸说自己虚岁二十七,那人感叹道:"时间过得真快!没想到天霸你已经长得这么大了,当年我最后一次见你爹的时候,你才七八岁,现在已经长成一条好汉了!想当年我和你爹联手闯荡江湖,你爹武艺高强,我是探路好手,两人一起日行千里,在绿林哪个不知?那时你爹金盆洗手,我也就归隐山林了,本以为会就此孤独老死,却没想到能在这遇见你!"天霸听了顿时有了印象,此人名叫计全,是父亲的手下。黄天霸于是将自己如何跟随施仕伦的事情前后说了一遍,自己奉命查访"一枝桃"才到了此地,计全忙说:"这'一枝桃'我知道,他真名叫谢虎,因为每次杀人劫财之后都在人家墙上画一枝桃花,由此得名。"天霸听了很高兴,便带着计全回到衙门里,把"一枝桃"的消息报告了施仕伦,又举荐了计全。施仕伦见有天霸举荐,计全又是天霸父亲的手下,满心欢喜地把计全迎进前厅。

　　第二天,黄天霸带着两个官差一同前往"一枝桃"所在的关乡,到了中午三个人在饭店吃了饭正要起身离开,忽然看见一个土匪打扮的人走进饭店,只见这人浓眉大眼薄嘴唇,左边耳朵后面有五个红点,形状恰似一朵桃花。黄天霸忙向两个官差使了眼色,两人见了正要起身追赶,却被天霸拦住,只说既然已经见到了"一枝桃"本人,不怕他逃跑。三人这才放下心来,知道总算来对了地方。不多时,三人打听到"一枝桃"藏身在关乡的玄天庙中,赶忙快马加鞭赶到庙前。

却说这"一枝桃"行走江湖多年,刚刚在饭馆中看天霸一行三人一看见自己就开始互相使眼色,知道准是来抓自己的官差,早就回到玄天庙里做好了埋伏。原来这玄天庙本来只是普通的寺庙,"一枝桃"在本地看中了周家的媳妇,看玄天庙离周家很近,就给和尚一些银两在庙中住下,好方便自己日后偷香窃玉。天霸等三人进了庙中,正跟和尚说了要找谢虎,哪知道"一枝桃"谢虎早在暗处埋伏多时,见黄天霸来找自己,心想:"先下手为强,后下手遭殃!"想罢朝着为首的天霸便射出一支毒镖。黄天霸听见风声知道有暗器,一抬头看见一支飞镖直冲自己面门而来,一歪脑袋躲了过去,哪知这谢虎见天霸功夫了得,唯恐此次杀不了他,日后自己吃亏,有心要置天霸于死地,见自己一镖未中,赶紧又连发三镖。天霸虽然知道谢虎暗算自己,却又一时不知道他藏身在什么地方,只能专心躲开第二镖和第三镖。哪知"一枝桃"第四镖紧跟着照天霸左腿打来,天霸躲闪不及,只听"扑哧"一声那毒镖已插进黄天霸左腿皮肉中,深及骨头,疼得黄天霸跪倒在地。这时两个官差已经看见了"一枝桃"的藏身之处,赶忙过去追赶,"一枝桃"见黄天霸已经中了毒镖,料他也活不了多久,当下便转身逃走了。

两个官差也不再追赶,回头查看天霸的伤势,只见围着伤口已经有茶碗那么大的一圈乌黑,两人知道镖上有毒,赶紧把黄天霸带回衙门中请大夫诊治。施仕伦见黄天霸受了伤，心里自然十分不忍，不住地劝解天霸，叫他不要再想"一枝桃"的事，专心养伤。这时却见关小西从衙门外领回两个人，原来这两个人都是黄天霸的旧日好友，一个是赛时迁朱光祖，一个人称神弹子李昆。两人早就听说黄天霸投奔了忠贤施仕伦，这次听说钦差路过此地，料想黄天霸应该也在这里，所以特意前来看望老朋友。朱光祖和李昆见黄天霸被"一枝桃"谢虎用毒镖所伤自然非常愤怒，又听说此毒非得"一枝桃"的师傅才有解药，巧在这"一枝桃"的镖法与李昆的神弹子相生相克，要捉"一枝桃"必须李昆出马。于是朱光祖和李昆兵分两路，赛时迁朱光祖前去"一枝桃"的师傅家中偷得解药，神弹子李昆则前去玄天庙捉拿"一枝桃"。

朱光祖和李昆替天霸解毒、擒"一枝桃"有功，施仕伦对他们二人更加礼待，本来心中有意把二人纳入麾下。哪知朱光祖和李昆两个人见黄天霸已经渐渐恢复，又考虑到自己毕竟还是土匪身份，虽然立了功却不好死赖着不走，索性不声不响的就离开了。施仕伦前去招揽二人时发现两人早就没了踪影，虽然心里有些遗憾，但也只好升堂审完"一枝桃"的案子，把"一枝桃"这祸害斩首示众。

第九回

巧破朱氏案
施仕伦见驾领功

　　且说施仕伦在任丘县除掉了"一枝桃",第二天就离开了任丘县衙继续往京城去了。这天一行人赶路到了涿州,刚走到府衙门口,正好赶上一个妇人在衙门前喊冤,施仕伦连忙叫黄天霸上前询问。原来这妇人叫冯氏,她的丈夫名叫蓝田玉,两口子在城外北面的一处荒地开了一个客店,上月初三的傍晚有一群贩布的商人来住店,不久之后又来了一男一女。那男的三十岁左右,女的二十岁上下,嘴里只说他们两个是夫妻,但却连一件行李都没有。蓝田玉心里怀疑这对男女的关系,回到房里跟妻子说:"刚才住进来的那两人看样子哪像夫妻,女的端庄俏丽,是个本地人,男的却是个油腔滑调的京油子。刚刚我去送饭的时候,两人一个要茶,一个要酒,真是奇怪得很,哪像夫妻? 看那男的不很正派,别是拐带良家妇女吧?"冯氏听了虽然也觉得蹊跷,却又怕丈夫管闲事惹出祸来,就说:"反正就住一夜,你就别管闲事了,随他们去吧。"第二天清早贩布的商人早早的就退房走了,蓝田玉一直等到日上三竿也不见那对男女出米,只好走到他们二人的房间门口敲门询问,敲了半天门却不见屋里人答应。蓝田玉看房间门外的木栓已经锁上，还以为那一男一女早走了，哪知道一开门却看见那男人早已死在炕上，浑身是血，连被褥都被染红了。蓝田玉再找那女人时，却只看见一口尖刀扔在地上，哪里有那女人的影子？蓝田玉为人忠厚，见家里出了人命案赶紧进城到衙门报官，把事情一五一十地说了一遍，哪知涿州知府听了就认定蓝田玉是杀人凶手，屈打了蓝田玉三十大板逼他认罪。这冯氏明知丈夫是被冤枉的，可几次到衙门喊冤都被知府赶了回去，这次冯氏又来喊冤，正巧碰见施仕伦，这才对天霸讲明了冤情。

　　施仕伦听完觉得案情蹊跷，于是立刻差人把蓝田玉从牢中提出来带到公堂上，又把涿州知府叫来在一边旁听。施仕伦仔细打量了蓝田玉一番，只见这人五十岁左右，慈眉善目、忠厚老实，哪像个行凶之人。于是施仕伦问道："蓝田玉，你为什么要把那住店的人害死？"蓝田玉赶忙喊冤，又把事情经过讲了一遍，跟他妻子冯氏所说的一字不差。施仕伦知道他讲的都是实情，便又问："蓝田玉，本官问你，你这么大的客店里难道连个伙计都没有吗？"蓝田玉回道："有个伙计，叫林茂春，山西人，今年四十二岁。五六天前他回家探亲去了。"施仕伦点了点头，转头问坐在一旁的涿州知府："知府大人，前些天你是怎么问的话？"知府回话说："回大人，前些天衙门中有个叫胡成的衙役认出了蓝田玉店里的死尸，死者叫佟六，自幼跟着他舅舅在京城长大，在本地只有一个姨娘。下官认为当天跟佟六一起去蓝田玉家住店的妇人一定就是他的妻子，如果是拐带，那妇人肯定会当场揭穿佟六，怎么会一声不吭?下官想这蓝田玉年纪大了,料他有贼心没贼胆,不敢杀人,准是他那个伙计与蓝田玉一起害死了佟六,把佟六的妻子藏起来了。"这时打衙门外走来一个人,原来是那个认出佟六尸体的衙役胡成带着佟六的姨父和佃户郭大鹏回到了衙门里,特意到公堂上来通报,施仕伦见了连忙吩咐胡成把两个人带上来问话。死者佟六的姨父名叫冯浩,是个六十多岁的小老头,一看就知道是个老实人,这会儿不仅被官差带上了公堂,还听说自己的外甥佟六被人捅死了,赶忙哆哆嗦嗦地回话说:"青天在上,佟六的确是小人的姨外甥,可是他从小就跟着他舅舅在京城生活,好多年都没回来看我们了。再说这小子向来品行不好,仗着有他舅舅做靠山,跟他那帮狐朋狗友一起净干些缺德事。前些年回来了一趟,小人见佟六在这边也没有什么别的亲戚,就让他住在了我家,结果他又嚷着要娶媳妇,小人实在没办法,就求媒婆帮他找了西村家的女儿。哪知道还没等定亲呢,佟六就把人家姑娘强占了去,逼得姑娘上吊自杀了。好好的女儿让佟六逼死了,亲家哪肯罢休,我好说歹说才没让人家报官。佟六自从因为这件事偷跑回京城去就再没回来过,到现在恐怕也有五六年了,今天大人突然把小人传到衙门来,还说佟六已经被人杀死,小人实在是不知情。"

施仕伦听完冯浩的话,才知道原来死者佟六也是恶人一个,于是问一旁的涿州知府说:"知府大人,冯浩所说的话你可都听懂了?你就执意认定这件命案是店家谋财害命,却不想想这蓝田玉如果真是杀死了人,为什么不在那荒村野店把尸体埋了了事？如此神不知鬼不觉地毁尸灭迹，岂不是要好过到官府报案？如果真是蓝田玉杀人，他怎么可能自己主动去招惹是非？在本官看来，八成是那个同行的妇人因为某些原因把佟六杀死。"知府越听头埋得越低，脸臊得通红。施仕伦又问冯浩："你既然是佟六的姨父，那你肯定了解佟六的情况。你告诉本官他的名下有多少土地？都在什么地方？佃户都是谁?"冯浩指着身边的郭大鹏说："佟六只有两顷地，这个郭大鹏种一顷，还有个姓白的佃户种一顷，一共就这两个佃户。"施仕伦心想这郭大鹏跟姓白的既然都是佟六的佃户，那郭大鹏应该知道一些姓白的情况，哪知道那郭大鹏只说知道那姓白的叫白富全，家住城里东街，自己和白富全从来不拖欠佟六的地租，近来白富全出门去经商了，只有妻子一个人在家……诸如此类净是些琐碎小事，并不知道太多。施仕伦只好退堂，叫冯浩和郭大鹏两人先回家去，安慰了蓝田玉几句便把他放了。

施仕伦回到后堂书房，心想这佟六在涿州接触的人一定不少，但当下能找到的却实在不多，刚刚问过话的几个人都没提供什么有价值的信息，现在就只剩下那个姓白的佃户还没问过话，可惜他现在人不在涿州，虽说家中只有妻子一人，但她未必不知道内情，何况涿州街市繁华，那佟六肯定也会在酒楼茶馆结识一些朋友，其中一定会有知情人。想到此处，施仕伦忙把化装成算命先生的行头一一拿出来，又叫黄天霸换上粗布衣裳，背上几捆字画。主仆二人扮成算命先生和卖字画的小贩，一前一后从后门走出了衙门。

　　二人一边吃喝一边在涿州集市的大街小巷、酒家茶楼细听百姓的议论,虽然谈论蓝家店佟六命案的人很多,但却都只是些胡乱的猜测和鬼神报应之类的话,施仕伦见就快晌午了,再这样毫无章法地游逛下去肯定没有进展,于是朝天霸使了个眼色,两人就净往僻静的小巷子里走,七拐八拐地走到了一处小庙门前,见四周无人便走进庙里。施仕伦在庙中低声对黄天霸说:"咱们这样恐怕打听不到什么有用的情况,我看我还是去东街找找白富全的家,到他妻子那去探听些情况吧。你就不用跟我一起去了,咱们爷俩今天晚上也不回衙门,你先到北城门外找个住店的地方,咱们晚上城北门外见。"天霸领了命,转身走出了小庙。

　　天霸刚刚离开,就从外面走来了两个卖菜的,他们每天清晨早早地就起来卖菜,中午就搭伴到这个荒废的无人小庙中生火做饭。两个卖菜的进到禅堂里一个蹲下烧火,一个拿出面盆和面。两人都是菩萨心肠,见施仕伦扮的这个算命先生衣着破烂、身体残疾,像是个苦命的光棍,便说道:"粗茶淡饭也没什么好吃的,但先生要还没吃午饭,那咱们兄弟三个就一起吃吧。"施仕伦见这两个卖菜的好心便也没推辞,只说:"那就麻烦二位老兄了!我是个落魄之人,本来是要上京城去投奔亲戚,哪知道走到一半盘缠就用光了,只好借着这点卜卦看相的本领混口饭吃。听说贵宝地有钦差要审离奇的人命大案,就来凑凑热闹卖艺换点盘缠。"烧火的听了笑着说:"你说的是蓝家店的命案吧?那蓝店主真是倒霉,一起住店的女子杀完人跑了,把烂摊子扔给店主人,可真是飞来横祸!"和面的接过话头说:"这事说难也不难,只要把东半城翻遍了肯定能结案!"烧火的问:"你怎么就知道翻遍了东半城就能结案?"和面的说:"我怎么不知道?那天天还没亮的时候我出城进货,刚开城门就有一个年轻女子进城,我心里奇怪就多看了她几眼,那女子小脸煞白、嘴唇紫得发黑,样子慌张得很!明明打扮得很端庄,但衣服上却有些血迹,哪知道清早天亮就听说了蓝家店的命案。昨天我卖菜走到东街小胡同里土地庙,有户人家里走出一个年轻女子跟我买菜,我越看越像那天清晨进城的女子!"烧火的一听,笑着骂道:"看你胡说八道,好像真事一样!幸亏在这小庙里只有咱们爷们仨,要是让哪个官差听到了,你这就是摊上现成的官司啦!"施仕伦不露声色地随口附和了几句,找了个借口告辞了两个卖菜的,离开小庙直奔东街而去。

到了东街口,施仕伦手里打着卦板口中吆喝:"算卦!"没走多远就看见土地庙旁人家里跑出一个小丫头,嘴里说着:"算命先生,到这来!我姐姐要算命呢!"小姑娘走进院里先放好一把椅子,然后招呼施仕伦进院里坐好。施仕伦见那要算命的女子礼数周全、遵守妇德,并不出门相见,只好问道:"不知哪位要算命?"只听屋里有个年轻女子的声音回答说:"我要问你个出门在外的行路之人,不知道什么时候能回家,还麻烦先生给好好算一算。"施仕伦说:"娘子可还记得他的生辰八字?"那女子回答说:"我丈夫今年二十七岁,康熙十六年七月十五寅时生人。"施仕伦打开卦书看了几眼,又装模作样地用手指掐算了一会,忽然站起来眼望着屋里说:"小人说的话娘子听了不要生气，你算的这个行路人恐怕没指望了！八成是半路中被人谋害了。"年轻女子听了这话，早顾不上什么礼法了，赶忙掀起门口的帘子走出来说："求先生再给他仔细算算，他这次是跟我表哥一起去的，两人互相帮衬，难道就不能逢凶化吉吗？"说着就哭了起来。

施仕伦本来就是要把这女子激出来，看看她到底长什么样，于是眯起眼睛又算了算说："你先别哭，你丈夫所积下的功德有机会把他从这次大难中解救出来，但如果过了三天他还没回家，那就彻底没有指望了。不过既然是两人一起出门，又是表妹夫和大舅的关系，两人是骨肉至亲，应该不会有什么差错的。"哪知那女子却说："先生不知道，亲戚与亲戚不同。我表哥名叫贺重五，为人品行不端、胡作非为，并不值得信任。我丈夫本来就在附近租种着几亩地，还有个小本买卖，为了帮表哥的忙才跟他一起出去的。"施仕伦问女子："既然你丈夫跟你表哥一起出门，现在却没有了音信，你怎么不到你表哥家去问问呢？"女子说："刚刚把先生请进家里的小姑娘叫庆儿，是我表哥的亲妹妹，因为表哥出门才把她寄放在我这里，要是表哥回来了，又怎么会把她扔在我这不管呢？"说罢转身回了屋里，吩咐小姑娘说："庆儿，把算卦的钱给先生吧。"施仕伦接了钱却不急着离开，一边在院子里走来走去，一边四处察看。庆儿觉得施仕伦样子丑陋，所以很看不起他，这会儿又看他磨磨蹭蹭的不走，就说道："你鬼鬼祟祟地看什么呢？是不是要偷我家东西啊？"施仕伦摆出一脸紧张的样子说："你小姑娘家知道什么？我是看这院子里不大干净,搞不好有个冤魂在附近游荡呢!"庆儿听了吓得直把施仕伦往院外推,施仕伦走出院门后暗暗记下了院子所在的方位,看天色渐晚便出城去找黄天霸了。

施仕伦刚走出北城门不久就见黄天霸打远处迎了上来,于是把小庙中所听到的和下午给女子卜卦的经过对天霸说了一遍。施仕伦估量自己找到的这个年轻女子就是白富全的妻子,她就是跟死者佟六一起到蓝田玉家住店的女子。但施仕伦回想下午女子请自己算卦时举止端庄,言语中处处透露着跟丈夫白富全的恩爱,又怎么会跟佟六到城外小店中私通?于是施仕伦嘱咐天霸半夜到白富全家去一趟,在屋顶墙边弄出些声音,装成冤鬼吓吓那个年轻女子,看看她会不会对"佟六的冤魂"吐出什么实情。天霸领了命往白富全家去了,一夜未归。

第二天一早,黄天霸回到北城门外找到了施仕伦,把昨夜自己如何装神弄鬼吓唬女子,那女子又如何把"佟六的冤魂"臭骂了一顿,说了些"你还敢到我这来作怪!难道你是屈死的吗?"之类的话,还有"我不怕你缠着我,更不会贪生怕死,只要等我丈夫回来见上一面,我就上阎王殿上跟你对质!看看你究竟是冤死还是罪有应得!"施仕伦听完黄天霸的叙述顿时明白了八九分,知道佟六必然就是被白富全的妻子所杀,此时白富全又杳无音信,料想其中的隐情和女子的表哥贺重五脱不了干系,于是施仕伦就和黄天霸回到了衙门中,下令捉拿贺重五,重审蓝家店佟六命案。

第二天升堂后,白富全的妻子朱氏和她的表哥贺重五都

暗访朱氏　施仕伦假扮卜卦人

被带上公堂,对质之后案情终于水落石出。原来死者佟六的恶形恶状比他姨父所描述的有过之而无不及,佟六借着舅舅的钱财在涿州任意挥霍,结交了很多无赖,朱氏的表哥贺重五就是其中之一。白富全因为租种着佟六的田地,有一天佟六到白富全家收租子看到了朱氏,见朱氏年轻貌美便起了坏心。之后佟六千方百计地勾引朱氏,哪知朱氏性格刚烈,不论佟六怎么威逼利诱都不为所动,佟六只好跟贺重五商量对策。哪知两人一拍即合,贺重五收了佟六三百两银子,就先是把佟六常往白富全家领,等到跟白富全混熟了就哄他一起出去做买卖,佟六就趁白富全跟贺重五一起出去"做买卖"的时候强占了朱氏。贺重五则把白富全骗到荒山野地,用蒙汗药麻倒白富全后,用绳子把他勒死了。却说这个朱氏真是贞节烈妇,不堪忍受佟六对自己的侮辱,于是假意温情似水地把佟六骗到城外小店中,把佟六灌醉后用一把尖刀手刃了仇人。

施仕伦就此了结了涿州命案,把贺重五斩首示众之后,彻底消除了蓝田玉的嫌疑,又因为朱氏品行高洁、性格刚烈,所杀的又是罪大恶极之人,便不再追究她的责任。案子已经破了,施仕伦一行人立即启程前往京城面圣。

这天,康熙皇帝在御花园中听见侍卫来报告说:"施仕伦到山东放赈救灾已经回到京城,现在正在外等着见驾。"康熙一听施仕伦回来了,心里高兴,忙叫内侍把施仕伦带进宫中。施仕伦见了皇上,先是三跪九叩地行了大礼,又讲了些无关紧要的寒暄之辞,哪知道康熙开口问道:"朕知道你这次赈灾

辛苦,也听说了不少你与土匪贼人斗智斗勇的故事,你倒是
给朕仔细讲讲其中的经过。"施仕伦正想着要提起黄天霸、关
小西等人,还发愁不知道如何帮几个好汉在皇帝面前邀功
呢,一听康熙这话,赶忙把自己几次遇险,以及危在旦夕的时
候被天霸、小西舍命相救的事绘声绘色地给康熙讲了一遍,
讲到惊险的时候,只把康熙急得不断惊呼。施仕伦见皇上对
众人的武艺很感兴趣,便把黄天霸、关小西的刀法、镖法如何
惊人说了个天花乱坠,康熙听完便叫人把黄天霸、关小西带
入宫中面圣。

　　只说黄天霸、关小西到了宫中,康熙端详两人眉目英武、
年轻俊秀,心里很是喜欢,于是叫两人先耍一套刀法来看看。
黄天霸和关小西自然使出全力把手中兵刃用得出神入化,两
人的刀光剑影幻化成一朵朵银色的火花含苞待放,缠绕在二
人周围煞是好看。康熙看了龙心大悦,又叫天霸展示金镖绝
技,施仕伦为了替天霸争功,强撑着亲自用手举着水碗,叫天
霸用金镖瞄准水碗打。在场的人心里都替这主仆二人捏一
把汗,哪知天霸微微一笑,随手一镖便把水碗打了个粉碎,却
没伤着施仕伦一根汗毛。天霸的金镖绝技实在精彩,康熙看
了笑得嘴都合不拢了,不住地夸赞天霸身怀绝世武艺,加封
施仕伦为漕运总督,更封天霸和小西为漕运副将,众人叩谢
隆恩后便出宫赴任去了。

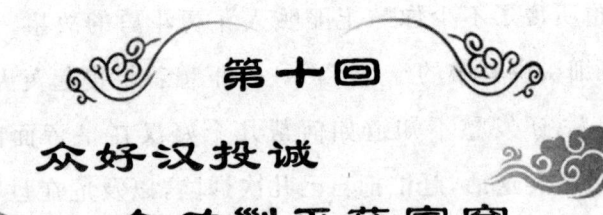

第十回

众好汉投诚
合力剿灭薛家窝

　　话说施仕伦与黄天霸、关小西三人受了封赏,正在从通州赶往天津赴任途中。这天日头高照,三人便走进路边的一个茶棚中稍事休息,一方面喝口茶水润润嗓子,也顺便等一等后从京城赶来的计全。黄天霸把小二招呼过来点菜,还没等说话,只听对面那桌有人大喊大叫道:"伙计怎么看人下菜碟儿! 大爷我进来半天了,板凳都坐热了也不见你过来问问我要吃点儿什么,难道我会吃了不给钱不成?"小二更是不愿意搭理他,嘴里答应着:"来了,来了!"往那桌蹭过去问:"你要点什么快点说,我们店小伙计少,现在正赶上饭口,你点完了我还得去招呼别的客人呢!"那大汉听了这话当然不乐意,怒气冲冲地说道:"既然你忙成这样,那你就替我点吧!"小二见大汉头戴草帽,身穿粗布衣,脚下踩的也是平常布靴,料这大汉不是什么达官贵人,于是说道:"我看您老人家要个烧豆腐,再来两张烙饼、一碗饭,加上清汤一碗就能吃饱了!"那大汉说:"让你拿主意你就净卖给我素的,难道你们店里的鱼、肉都是不卖的吗? 我跟你说,别说你这里不过是个城外小店,就算是京城一等一的大酒楼也该以和气为本。又不是到你这吃饭的人都不给钱,像你这样凭衣着样貌的好坏把客人分成三六九等、欺负外乡行人的行为实在不应该。今天大爷我教教你做人的道理,日后不能这样了!"说完也不难为那小二,让他照着刚刚说的要了饭菜,准备吃完就启程。

施仕伦三人在一旁看那大汉把小二教训了一顿,见这个大汉虽然体格健壮、身怀武艺,却能以理服人实在难得,三人心中都暗暗钦佩。不多时,没等三人吃完酒菜计全就赶了上来,走进小店中坐到了施仕伦三人的桌旁,天霸赶紧把刚才对面桌上大汉教训小二的事情跟计全从头到尾讲了一遍,计全听了忍不住就朝对面桌上看去。计全这一看不要紧,竟然发现那大汉乃是多年不见的至交好友,心中喜不自胜,赶紧对施仕伦说道:"大人,那汉子是小人的旧时至交,他老家在江南常州府宜兴县,是天霸父亲的弟子。此人水性了得,在水中能睁眼看人,善使一对带钩的双拐,在水下能连住三天三夜,饿了就捉鱼生吞,因此外号叫鱼鹰子,本名何路通。就是上了岸,钩拐也能抵挡四五十人,大人此次往江淮一带去,道上多半要走水路,我们几个在岸上虽然能抵挡一阵,但是到了水上恐怕不能保证大人的安全。大人不如听小的一句,把这鱼鹰子何路通也收来一同去江淮赴任。"施仕伦见计全认识这个何路通,又听说他水下功夫了得,爱才心切,忙说:"你这主意好,但是恐怕还要你去当面问问这个何路通的想法。"

计全起身来到何路通桌前,两人许久没见却在此处相遇,都是分外高兴。计全同何路通寒暄了几句便说起正事:

"你瞧见旁边那桌没有？那个少年英雄就是你师父黄三太的独子黄天霸,他当年也与另外三人结成四霸,在江湖中也是名声显赫。如今我们都蒙施公恩宠,归顺了朝廷,走了正路,我这老朽之人就不提了,天霸才二十出头就被皇上封了大官,将来可以说是前途无量。像你何路通这样身怀绝技的好汉,如果能跟我们一起保护施大人南巡,在路上立几个大功,回到朝廷必然也能封官晋爵！施大人是一代清官,跟着他为苦命人平冤狱总好过打家劫舍,也算为子孙积德了。"何路通听了心里当然愿意,赶紧答道:"老哥你惦记咱们过去的交情,给小弟指了一条正道。小弟真不知道怎么报答您的好意,我不求封官晋爵,只要能跟随在施大人身边扬善惩恶,老来吃穿不愁就足够了！"说完两人起身来到施仕伦桌前,由计全逐一介绍了一遍,主仆几人算是互相认识了。施仕伦又巧得一员大将,心中喜不自胜,当天晚上便在住宿的客栈中叫了酒菜,同天霸、小西、计全还有新加入的何路通对饮起来。几个人正喝到兴起的时候,忽然听见客栈中有人吵吵嚷嚷,天霸起身要出去查看,却见客栈伙计慌慌张张地闯进屋里,只说有个客人凶得很,到了店里就嚷着要住上房。伙计告诉他上房已经被施仕伦几人包下,那客人却叫伙计来让施仕伦等人把上房让出来给他住。伙计见他霸道,又被他们嚷得没办法,只好到上房来找施仕伦几人商量。施仕伦等人一听自然心中不平,于是叫计全先跟伙计一起去看看那个霸道客人的来路。不多时计全就带着那个客人回到了上房,黄天霸眼力好,远远地看清了那人的面貌后立刻起身相迎,原来刚才吵闹的客人就是当时天霸在金陵抓捕"一枝桃"时受伤后,跟朱光祖一起帮天霸捉住"一枝桃"的神弹子李昆李公然。施仕伦一见李昆顿时想起当时在金陵的事,赶紧拉起李昆的手说道:"公然真是一代英豪! 回想那天在任邱县你和光祖一起助我拿住了"一枝桃",事后没等施某挽留就飘然而去,实在是高人! 今天你我又在这里巧遇实在是有缘,施某想请壮士助我一路南巡,不知你肯不肯?"李昆本来在金陵时就想留在施仕伦手下,无奈想到自己出身低微,怕自讨没趣才和朱光祖不辞而别、一走了之,哪知道今天巧遇施仕伦不说,又得到他的盛情邀请,赶紧回答道:"李昆愿意效忠大人,只是刚刚在外面吵嚷言语有所冒犯,请大人不要放在心上,我还有一个兄弟,人称白马李七,他这人早就仰慕施大人为官清廉,想要跟随大人。"施仕伦忙让计全去把白马李七也叫来,吩咐小二重新准备酒菜,黄天霸、关小西、计全、何路通、李昆、白马李七六人互相介绍各自认识了,又按照生辰排了座次。施仕伦首座,其他人按年龄大小依次坐好,斟酒上菜,有说有笑好不热闹。

第二天一早,施仕伦一行人就启程赶路,不久到了静海县地界。施仕伦赶到静海县衙时正巧碰上知县徇私错判了一桩冤案,施仕伦把案卷拿来仔细审阅了一番,发现其中有一条线索是城外双塘村的一处寺庙,于是施仕伦便吩咐计全前往那处寺庙中探听情况。

前面说过计全除了眼力好,有对人面貌特征过目不忘的本领外,还号称飞毛腿。从静海县到双塘村相隔十五里,计全只用了片刻就赶到了村口,进了村里一路跟村民打听着找到了这个寺庙。计全纵身跃上庙墙,把自己隐藏在屋檐下,暗暗朝大殿里观看。只见大殿里有两个和尚正在说话,计全看两人的身材举止都不像普通僧人,眉目中净是匪气。计全端详了半天,觉得其中那个一脸麻子的和尚看着非常眼熟,突然记起那麻子就是当年在山东抢赈灾粮草的于七。原来当时于六用飞爪伤了贺天保,众人乱成一团,于七就趁着这个机会逃走了。从此以后于七担惊受怕,为了逃脱追捕就把名字改叫薛酬,还出家做了和尚。刚巧沧州地界有户薛家五兄弟常在水路上做些打家劫舍的买卖,是群水匪,在江湖上号称薛家五虎。薛家五兄弟见于七身材高大、武艺高超,又与自己同宗,就将他也揽入团伙。另一个和尚名叫吴成,本来也是个土匪头目,因为伤了人命摊上官司,逃命到庙中也出家做了和尚。于七听说施仕伦升了官,做了漕运总督,南巡经过此地,就同吴成一起商量想要行刺施仕伦,好为自己的弟弟于六和军师方小嘴报仇。计全听了二人商量着要行刺施大人,心里憋了一口恶气,不发泄出来实在不痛快。于是计全纵身跳入大殿中,对两人喝道:"恶贼于七!你以为你们两个恶贼打扮成和尚的样子就能行刺施大人吗?今天就让我计全来教训教训你们,让你们知道什么叫邪不压正!"说着就和于七、吴成动起了手。且不说于七的武艺如何,就只说那个吴成,本来就是个大老粗,靠着身手矫健、力大无穷在江湖中闯出了名号。刚刚于七说起他兄弟于六被施仕伦所杀,吴成听着感同身受,正好像是自己的亲弟弟被施仕伦害死一样的悲愤,又听说施仕伦正好来到静海县,正想着如何亲手杀了施仕伦帮于七报仇的时候,却见计全从天而降对着自己破口大骂。吴成顿时心头火起,抄起兵刃便同计全斗在了一起。却说吴成手中的那样兵器乃是一把竹节铜鞭,本是村里寺庙的供奉之物,长三尺、重九斤,有横竹节十三段,这么沉重的兵器却被吴成使得好像一条轻飘飘的软鞭一样,辗转腾挪地飘忽在计全身体周围,一下下地往计全的要害招呼。计全看这吴成憨头憨脑的,本来没把他放在心上,哪知道吴成突然使出这么奇怪的兵刃,心里一惊,顿时出了一身冷汗。再说于七见突然跳下来一个人口口声声说要收拾自己,一时之间惊得呆住了,吴成在一边和计全打了好一会儿他才缓过神来,跳进圈里和吴成联手想要制服计全。

计全原本只是来探听消息,结果没压住火气和两个土匪打了起来,本来他就不如黄天霸武艺精湛,又上了年纪体力不支,再加上以一敌二情势不利。三人斗着斗着计全便居于下风,几次都被吴成的铜鞭扫到了身上,不多时衣襟上便渗出点点血迹。计全心想这样下去不是办法,于是且战且退,趁着吴成和于七的兵器收回那一瞬间纵身跳出了大殿。于七和吴成本来存心置计全于死地,这时看见计全要逃哪肯罢休,立刻一前一后追了上来。三人你追我赶地跑到了一片树林中,计全身受鞭伤导致脚力渐渐弱了下来,两个恶匪眼看着就要赶到计全身边。吴成举起铜鞭,正要甩出鞭子缠倒计全时,迎面突然如猛虎般跳出三个人,一起直奔吴成和于七而来。吴成见三口单刀直奔自己而来,只好收回铜鞭抵挡,只见三人个个武功高强、身手敏捷,眨眼工夫便像个香炉一样把吴成和于七围得密密实实。计全见了这情形才放下心来站定,原来这三位英豪不是别人,正是施仕伦怕计全有闪失,特意派来迎他的黄天霸、关小西和白马李七三人。天霸认出那麻脸和尚是于七扮的,想到惨死的义兄贺天保顿时心头火起,所使出的每一刀净是杀招。于七一见天霸早吓得乱了阵脚,没几个回合便被黄天霸一刀挑死,翻倒在地。

却说这个吴成的一身武艺是一个名叫李天寿的人所传,外号活阎王,此时正往徒弟所在的庙里去,路过一片树林时听见阵阵兵刃相接的乒乓声,赶过去一看,发现四个高手把徒弟围在中间打得正欢,旁边还躺着个死和尚。李天寿为什么叫活阎王?就是因为他这人不但武功高强,并且套路怪异难防,招招阴毒、刀刀毙命,为人性格歹毒小气,别人见了他就好像是见了活阎王一样绝望。李天寿平时并不怎么喜欢吴成这个傻里傻气的徒弟,但却容不得他被别人欺负。于是李天寿不声不响地抄到关小西身后,拔出宝剑便刺。关小西忽然觉得身后一阵剑气,这时再闪身哪里来得及?顿时被李天寿刺了一剑,虽说小西躲了一下没被刺中要害,李天寿这一剑却有三分之一插进了关小西的右肩。吴成一见师父来救自己,出手就伤了对方一个人,心里终于松了口气。师徒二人联手把一鞭一剑使得出神入化,黄天霸等四人哪见过这种配合,加上计全手脚无力,小西又被暗剑所伤,一时之间竟被李天寿和吴成占了上风。就在这危急的时刻,只见又有三人从一旁的树上纵身跳下,天霸心中一惊,暗想:"这关口要是恶匪再来三个帮手相助,我们几个恐怕要全军覆没了,这可怎么办?"他端详后,却看见这三人一个白脸膛、一个红脸膛、一个黑脸膛,白脸膛的年纪四十左右,方脸上一双秀眼托起两道剑眉,青须大耳;红脸膛的年纪跟天霸相仿,长眉长须,一双丹凤眼透露出一股英武之气;黑脸的也是二十多岁的年纪,满下巴胡茬子乱糟糟的,粗眉下面虎目圆睁。黄天霸心想:"这三人真像是刘、关、张转世了!看这样子不像是来帮恶贼的。"三人中为首的白脸膛开口说道:"在下甘亮,外号人称白面狻猊。这两人是我结拜兄弟,红脸的人称赛姜维邓龙,黑脸的外号小元霸邓虎。我们三人在路上遇见两个恶僧追打一位老者,特意一路跟着到了这里。"说完指着李天寿说:"这位暗中偷袭实在让人看不下去,但你们终究也已经杀了一个恶僧。各位要是没有什么大冤仇,不如各自停手,两败俱伤又没什么好处。"黄天霸听甘亮报了姓名,知道三人是以侠义著称的金陵三杰,于是也立刻向三杰报出自己的姓名。此时清官施仕伦与少侠黄天霸的事早在江湖上传遍了,甘亮一听面前的人是黄天霸,知道他是替青天施仕伦前来捉拿恶匪,于是纵身跳入圈中,与天霸等人一同围住李天寿师徒,邓龙、邓虎则到一旁去察看小西的伤势。

李天寿知道事到如今已经很难取胜,只好拉着吴成且战且退,天霸等人追着追着不小心就走散了,等出了林子再聚在一起的时候才发现只抓住了活阎王李天寿,吴成仗着自己熟悉林子里的小路,借着树林掩护逃走了。

黄天霸、白马李七、计全和金陵三杰一起带着受伤的关小西就近找了一处客栈安顿了下来。计全请来大夫给小西简单处理了伤口，几个人在客栈中稍停了一天，这才起身返回静海县衙。

哪知道黄天霸进了县衙却只见一片狼藉，李昆、何路通一见天霸就说道："老兄弟，咱们可真是活不成了！昨天晚上门窗紧闭，却把施大人给丢了，这可怎么办啊？"黄天霸听了吓得面如土色，细问之下才知道，原来前一天晚上衙门中的官差和李昆都睡得特别沉，半夜也没人听见异常声响，大人房间的门窗也都关得好好的，早上起来却发现施仕伦不见了踪影。

原来吴成逃跑之后并没回到他所住的寺庙里，而是逃往于七的老巢薛家窝。到了薛家窝见了薛虎、薛龙、薛彪、薛豹和薛凤五兄妹，把于七要找施仕伦报仇却被黄天霸所杀，自己的师父也为了救自己命丧金陵三杰刀下的事从头到尾说了一遍。薛家五兄妹听了气得拍案大骂，薛豹自告奋勇，趁着天霸等人不在，借夜色掩护偷偷潜入静海县衙门中，用迷药把众人迷倒后将施仕伦绑回了薛家窝。

甘亮和邓虎、邓龙听说了施大人被土匪绑走的消息之后心中都很焦急，加上计全和小西都有伤在身，所以不能一起去救回大人，于是金陵三杰自告奋勇，同黄天霸、白马李七、李昆、何路通一起前往薛家窝。且说这七人赶到薛家窝，先是天霸一进薛家窝，抓住了一个放哨的喽啰探听清楚了水寨中的地形和各处暗道机关。之后天霸同甘亮一起二进薛家窝，潜入水寨中救出了施仕伦。见施大人已经安全，英豪们便放开手脚大战薛家五虎：白面狻猊甘亮和金镖黄天霸二人都是能以一当百的用镖好手，不多时薛虎手下的大小头目便死伤了大半；薛家窝是一处水寨，鱼鹰子何路通发挥了他水战好手的作用，两方对战时他暗中潜入水下，将薛家水匪的船底凿得漏了水，水匪们纷纷跌进水里淹了个半死，哪还有心迎战？黄天霸率领众豪杰三进薛家窝，擒住了吴成和薛家五虎，一把火将薛家窝这个危害地方的水匪老巢给烧了个精光。

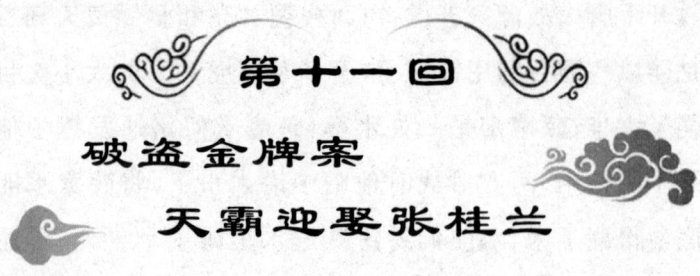

第十一回
破盗金牌案
天霸迎娶张桂兰

却说黄天霸一行人三进薛家窝救出施仕伦之后，并没有多做停留，放火烧光了水匪老巢，随即启程护送施仕伦前往淮安赴任。施仕伦这次升任漕运总督兼任钦差御史，更是获得了康熙爷所给的刻有"如朕亲临"四个大字的御赐金牌。施仕伦知道这块金牌是和自己项上人头息息相关的物品，所以总是随身小心保管，丝毫不敢懈怠。

这天一行人到了徐州府所属的安乐镇，这地方是通往江浙一带的交通要道，所以安乐镇上店铺林立。黄天霸眼看天色渐晚，心想再往前赶路恐怕很难找到客栈，于是一行人就在街边找了个客栈住下了。当天晚上吃过了晚饭，黄天霸等人在施仕伦房中陪他闲聊。施仕伦想到小西和计全都有伤在身，其余众人最近也非常辛苦，于是说道："你们最近都很辛苦，你们就别在这陪我了，今天天也晚了，我也要睡了。"于是众人起身告辞，各自回到自己房中休息去了。

到了三更的时候，天霸突然被恩公的叫喊声惊醒，连忙起身赶到施仕伦房中，只见施仕伦一张麻脸吓得惨白，一看见天霸便说："快把他们都叫醒，我的御赐金牌不见了！"这时关小西等人也都闻声赶来,听说金牌不见了都吓得面如土色,只叫恩公把事情的经过仔细说明。原来施仕伦平常都把御赐金牌挂在胸前,每天半夜都会醒来用手摸一摸胸前的金牌才安心,哪知道刚才伸手摸了半天却没摸到那块御赐金牌,施仕伦顿时吓得一身冷汗,惊呼出声这才吵醒了黄天霸。小西想到金牌可能是被蟊贼偷走,于是带着几个人店里店外仔细搜寻了半天,结果无功而返。计全提议说:"会不会是大人在翻身的时候把金牌掉在床上了?"大家赶紧到床铺边寻找,把被子褥子翻了个底朝天也没看见金牌的影子,但却找到一张白纸。施仕伦将白纸拿到灯下,只见上面写着:"桂兰女子赛云飞到此盗取金牌。等黄天霸去取。"施仕伦读完这几个字心中更感到奇怪了,看来御赐金牌确实是被人盗走了,但盗金牌的人却是女流之辈,还点名要天霸去取,真不知道这女贼葫芦里卖的什么药。众人听了也都觉得纳闷儿,只有黄天霸一个人气得咬牙切齿地说道:"既然这帖子上写明白了让我去取,那就请各位给我几天时间,要是不能把金牌完好无损地取回来,我黄天霸甘愿提头来见各位!"施仕伦见天霸气盛,赶紧安抚道:"黄贤弟不要这么冲动,这盗金牌的要是没有把握就不会这么嚣张地点名让你去取了。这封战帖明明就是一招激将法,你要是这么冲动地闯过去岂不是正中了贼人的圈套?可是这御赐金牌不同于一般的金银财宝,如果被恶人拿去为非作歹,你我就都成了千古罪人,所以必须由你去拿回来,但是你这样毫无准备地前往,恐怕凶多吉少。古人说:知己知彼,才能百战不败。施某一路上一直带着金牌,却偏偏在徐州府被人偷走,看来这盗金牌的贼人应该就是徐州府地界的人。计全老前辈见多识广,你应该先让他跟你一起去打听好这个'桂兰女子赛云飞'的底细,然后再好好打算一下怎么取回金牌。"于是计全便和天霸一起告辞施仕伦,出去探听赛云飞的事了。

却说神眼计全知道离安乐镇一百多里的地方有个褚家庄,庄主褚标从前也是绿林出身,后来洗手不干开始做正经生意了,这人虽然年事已高,但是性格开朗、鹤发童颜,为人热情好客,最爱结交天下好汉做朋友,所以这一带的江湖豪侠都知道他的大名,多半与他相识。计全把褚标的事和天霸一说,天霸当即同意和计全一起到褚家庄找褚标打听这个"桂兰女子赛云飞"的消息。

两人走了三天来到了褚家庄口,通报了姓名后便被家仆领进了庄里。褚标一见黄天霸和计全分外高兴,拉着两人的手说道:"我这老头子一个人在家里待着的时候常常想起自己年轻的时候,早就听说你们爷俩的英勇!黄天霸少年英雄,弃暗投明,成为国家栋梁的事在江湖上早就传遍了,可惜老朽无后,要是我们褚家能有个黄少侠这样的后代,我褚标也算是为褚家立功了!"天霸接道:"褚老英雄太过奖了,黄天霸为报答恩公的大义弃暗投明,为百姓铲除了许多绿林恶贼。可是天霸杀死的绿林恶贼越多,江湖上的仇人也就越多。晚辈虽然今天刚刚认识褚老庄主,但您却能了解晚辈的心意,天霸实在有种相见恨晚的感觉。您要是不嫌弃天霸无知无能,以后咱们爷俩就以叔侄相称吧!"褚标本来就喜爱黄天霸少年英武,听了这番话就更是乐得合不拢嘴了,赶紧先领着干侄子和计全到客堂上吃了酒菜。席间,褚标听天霸讲明了这次前来的目的,并讲了施仕伦如何丢失了御赐金牌,那贼人又如何在一张白纸上留下了"桂兰女子赛云飞"的字样的事。褚标听天霸讲完说道:"这个桂兰女子我倒是知道,她叫张桂兰,是凤凰岭上张七的独生女。要说这个张桂兰,虽然容貌绝美,但是性子烈得很,跟着她爹学得一身飞檐走壁、身轻如燕的好本领,袖箭又使得绝好,所以才有个外号叫'赛云飞'。但要是想去抓住这个张桂兰恐怕不容易,她和她爹爹张七两个人武艺都不错,而且他们凤凰岭地势险要,还有很多机关埋伏,黄贤侄一个人独闯很难成功。"黄天霸听了顿时火了:"大伯不必拦我,我倒要看看这对贼父女有多厉害!这次要是不把他们两个一起捉住,我黄天霸誓不为人!"计全看黄天霸年轻气盛,刚听了几句就按捺不住了,赶紧在一旁说道:"黄兄弟你别急躁,总是听不了半句话就蹦得老高。褚大伯既然认识这家姓张的,咱们与其硬闯不如拜托你褚大伯帮咱们想个办法,好说好商量地把金牌要回来岂不是更好!"哪知褚标却说:"我跟张七本来交情不错,但是前些年有一桩买卖我劝他不要做他却不听,我们俩几句不和吵翻了,到现在为止已经很多年没有来往了。如今出了你们这事,我虽然不能出面,却要向你们推荐一个人。只要这人肯去张家帮你们说几句好话,要把金牌要回来就不难了。"

原来褚标向黄天霸和计全推荐的不是别人,却正是在任

109

邱县盗解药救了黄天霸一命的赛时迁朱光祖。褚标正要派人去把朱光祖请到庄里，哪知道朱光祖偶然来访，刚进到褚家庄里，却看见黄天霸、计全和褚标在一起，真是惊喜交加。四个人高高兴兴地互相寒暄了一阵，褚标吩咐仆人置办好酒菜，几个人依次坐好，酒过三巡之后黄天霸和计全对朱光祖讲了施仕伦金牌失窃的事，褚标又把想请朱光祖出面到张七家讲和要回金牌的事讲了一遍。朱光祖听完三人的意思后并没有立刻答应下来，黄天霸见朱光祖半天没说话，以为他不想帮忙，于是赶紧追问道："朱大哥，你究竟是怎么想的？要是有什么难处就不要勉强了，小弟又不是怕他张七父女！"只见朱光祖站起身来把褚标拉到了一旁，小声说道："褚老英雄可知道张桂兰盗金牌的用意？"褚标想了半天也没有头绪，只好说："老朽实在猜不出那女子盗金牌能有什么特别的原因，你要是知道就说来听听。"朱光祖笑着说道："张七他早就听说了天霸在江湖上的名号，欣赏天霸青年才俊、技压群雄，有意要把桂兰许配给他。但张七他是个要脸面的人，一方面看天霸现在做了官，怕他摆起官架子，不肯和自己家结亲；一方面又怕施大人看桂兰是绿林儿女，不同意这桩亲事，传到江湖上岂不是让自己成了众人的笑柄！张七就想了个办法，总是有意无意在桂兰面前说起黄天霸本领如何高强、如何英勇无敌。桂兰那孩子心高气傲，听爹爹夸天霸，便对张七说：'爹爹总说这个黄天霸本领高强得不得了，你女儿倒要跟他比个高下！'听说施仕伦带着御赐金牌到了此地，就去偷了金牌,点名让黄天霸去取。总之,张七父女并没有一点坏心,不是故意要惊扰施大人,更不想伤天霸性命。只是因为张七怕丢面子,不肯主动提亲,加上桂兰性格骄傲,要是不让她亲眼见着黄天霸少年才俊,恐怕她还不肯嫁呢!"褚标听了带着笑说道:"这我就明白了,我看咱们还得先把天霸稳住,你先上张七那周旋一番。两边都安排妥当了咱们才能促成这桩喜事!"两人说完便回到了桌边,褚标先朝计全使了个眼色,然后对天霸说道:"贤侄,我跟你朱大哥已经商量出了一条万全之计,只是现在还不能透露给你。但是你得现在就答应我们,等拿回了金牌,我们要你做到的事情你决不能反悔!"黄天霸看他们两人神神秘秘说了半天,也不知道这葫芦里卖得什么药,哪敢开口答应。计全见状,用话激黄天霸说:"你有什么不敢答应的,别跟个小女子似的婆婆妈妈的。"天霸没办法,只好同意了。饭后褚标和朱光祖把计全拉到一边,把之前两人所说的话又给计全讲了一遍,计全听完也欢喜万分。第二天一早,朱光祖就告辞了褚标,带着天霸和计全一起往凤凰岭去了。

朱光祖走了一天才到凤凰岭,见了张七便说道:"张大哥,小弟特意前来道喜!"张七不动声色地回道:"何喜之有?"朱光祖赶紧笑道:"张大哥就别瞒小弟了,您眼看就要得个江湖中赫赫有名的少年英雄做女婿了,还说没有喜事?"张七听了先是假装一脸不乐意的样子,说:"哪来的女婿,我怎么不知道?"朱光祖把桂兰盗金牌的事一提,张七答道:"黄天霸虽然是个少年豪杰，我也很欣赏他，但是现在桂兰拿了他家恩主的金牌，他们俩一个是官，一个是贼，已经成了不共戴天的仇敌，哪还有什么姻缘可言。"朱光祖听出张七还是顾及面子，于是埋怨道："小弟要多说两句了，大哥你也别不爱听。古今英雄无数，但就为这'名利'两个虚无缥缈的字闹出多少惨剧？其实这种东西都是身外之物，可惜有的人就是看不破、放不下。人一辈子再长也就不过百年，早晚都要变成一把黄土，到时候哪还顾得上什么名利呢？最可悲的就是有些人不但自己被世俗所累，还要把这种负担丢到儿女身上。他却没想过，等到自己归天之后，却把这些拖累人的名利丢给活着的儿女了吗？这又是何苦呢。"张七知道朱光祖说的是自己，于是说了实话："贤弟这话说得有理，但是为人父母的难免要替儿女争些面子。黄天霸虽然少年英勇，但我也都只是道听途说，又没有亲眼见过他这人品质样貌到底怎样。况且你那个侄女被我溺爱得非常娇纵，不瞒你说，就连盗金牌的主意都不是你老哥我想的，而是桂兰那个好胜的丫头自己出的主意。她是想让黄天霸亲自前来，到时候两人比比武艺，要是黄天霸真像传说中那么优秀，我当然想把桂兰许配给他。今天既然是贤弟你来替黄天霸说情的，那咱们就事先说好条件：第一、黄天霸必须亲自前来和我们爷俩比试；第二、我女儿过门之后，我就相当于他的亲爹，他得给我养老；第三、要施仕伦出面为黄天霸下婚帖，落款要写施仕伦的大名。要是全能做到，娶亲之日就是我把金牌送还的日子。"朱光祖听罢告辞了张七，连夜赶回了褚家庄，把张七的话原原本本地跟褚标和计全说了一遍，褚标听完叹道："这本来是门好亲事，张七所提的头两个条件倒很容易，但是这第三个条件恐怕有些困难。"计全却很高兴地说道："明天褚大伯和朱贤弟就陪天霸一起去凤凰岭吧，我则尽快赶回徐州把这事告诉施大人。施大人对绿林好汉从来都是以礼相待，并没有一点的看不起。何况天霸跟施钦差两人虽然名义上是主仆关系，我瞧他俩的感情却像亲兄弟一样深厚。天霸的这桩喜事，施大人不会不同意的。只是两位先别把这事告诉天霸。"三人商量好之后，只告诉天霸说张桂兰是因为仰慕天霸的英勇，才偷了金牌并留下战帖叫黄天霸亲自前去比武，黄天霸必须赢了那女子才把金牌奉还。天霸听了只好同意，但心里是一万个不高兴，暗想自己绝对不能被一介女流之辈要挟，于是表面上答应三天后跟褚标、朱光祖一起去凤凰岭比武，当天夜里却瞒着两人，自己偷偷跳墙出了褚家庄，独自往凤凰岭去了。

　　到了凤凰岭，黄天霸轻松地避过了一层层机关埋伏，来到了上房屋檐下。黄天霸正要闯进屋里把金牌拿回，却听见房中有个女子在说话。那女子的嗓音听在黄天霸耳中，既像银铃般清脆，又好像百灵鸟的歌声一样婉转动人。只听她说道："爹爹你要是能赢了天霸也就算了，要是他能胜过爹爹您又赢了桂兰的话，女儿就全听爹爹做主！"又听见一个人说："你这丫头怕爹赖账不成？我已经准备好两把竹刀了，天霸来了以后我先跟他过招,你要是想跟他斗就用这两把竹刀,省着互相伤着就不好了!你也二十岁了,往后嫁给人家可不能像现在这么任性了。"天霸听了一会儿,又从天窗暗格往屋里看了一眼,只见一个是跟褚标年纪相仿的老者,一个是娇俏可爱的美貌少女。心中这才恍然大悟,原来张七是要把女儿嫁给自己,想起刚才听到那张桂兰的声音,天霸顿时心花怒放,心想:"张七要是真想把张桂兰嫁给我,我黄天霸能得到这样才貌双全美丽佳人的青睐也真是桩美事!"于是起身返回了褚家庄。

三日后两路人相会在凤凰岭下的鸳鸯楼中,天霸养足了精神,在鸳鸯楼上以一敌二勇斗张七张桂兰父女,轻松取胜。就说张桂兰一见黄天霸,瞧他面貌俊秀英气逼人,比试之中更显出武艺高强,桂兰心里真是千万个喜欢;再说这黄天霸自从夜探凤凰岭偷偷看了张桂兰一眼之后,心里就非常挂念。今天又在大白天端详张桂兰一阵,更觉得此时的张桂兰不知比那晚昏黄灯光下好看多少倍。两人可谓互相倾心,天作之合。

却说计全赶回徐州府,面见施仕伦说明了张桂兰盗金牌的缘由和天霸的这桩亲事,以及张七提出的第三个条件。施仕伦听完自然是替黄天霸高兴,当即提笔为黄天霸求亲,最后又在落款处题好自己的大名。写好之后施仕伦又派人准备好三百两银子作为自己给天霸准备的聘礼,叫计全带上给天霸送去,又叮嘱计全要提醒天霸遵守礼数、不可冒犯丈人之类的一些琐事，这才催促计全赶回褚家庄。

当月初六，黄天霸就在凤凰岭迎娶了张七的女儿张桂兰，父女俩也把御赐金牌交还给了黄天霸。办完了喜事，两位才貌双全的青年男女这才算结为了夫妻。

天霸暗探张桂兰

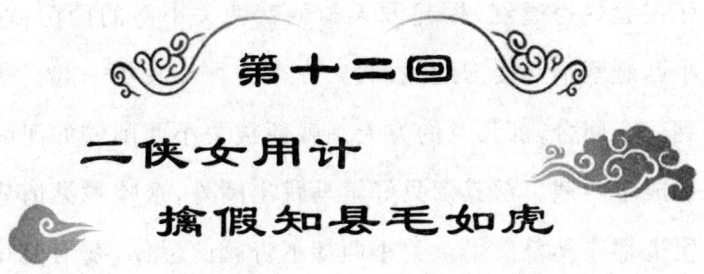

第十二回

二侠女用计
擒假知县毛如虎

　　黄天霸在凤凰岭成亲的时候,施仕伦拿回了御赐金牌后并没有在徐州府等天霸回来再上路,只是吩咐李昆捎信给黄天霸,让他安心办完婚事,然后再带着新婚妻子晚些赴任不迟。黄天霸知道这是恩公偏爱自己,心想自己虽然没在施仕伦身边,但同行的还有关小西等好兄弟保护恩公,也就放下心来在凤凰岭住了几天。

　　再说施仕伦一行继续往淮安赶路,这天走到宿迁县附近的菊花庄口。突然看见前面土岗子上冲下一群人来,为首的那个骑着一匹黄色骏马,长的眉清目秀,手持一把方天画戟,率领着一群土匪蜂拥而至,直奔施仕伦而来。关小西立刻策马赶到施仕伦身前,大喝一声:"大胆狗贼,报上名来!"那人也不示弱,回道:"小子听着,你爷爷我乃是菊花庄庄主郝其鸾!乖孙子,快告诉爷爷你姓什么叫什么,咱这方天画戟可不杀没名的小鬼!"关小西听了大怒,喝道:"你这草寇坐稳了!我乃是漕运参将关小西,专为杀你们这样的草寇而生!今天是你来送死,别怪关爷爷无情!"关小西这段话把郝其鸾一张俊脸气得通红，挥起方天画戟就朝关小西的面门砍去，关小西赶紧抬起倭刀迎战，两人你来我往斗在了一起。哪知不到三个回合，郝其鸾的方天画戟便被关小西削铁如泥的倭刀砍成了两截。郝其鸾只好策马跳出圈外，众喽啰见情势不妙便也都作鸟兽散了。关小西却不肯就此罢休，嘱咐白马李七等人保护好大人，自己则骑着马追郝其鸾去了。

两人一前一后你追我赶走了很远，郝其鸾逃到一个土坡后一转身竟然不见了踪影。关小西追到土坡前没找到郝其鸾，一抬头却见迎面走来一匹骏马，马上坐着一个貌美俊俏的少女，手持两柄鸳鸯秀刀，更显出风姿绰约、窈窕动人。关小西在马上盯着少女看得入迷，魂魄都快要出窍了，忽然听到一个娇滴滴的声音喝道："来将快报上名来，本姑娘刀下不伤无名鬼！"关小西被这好听的声音把魂叫了回来，赶紧答道："在下漕运参将关小西。敢问姑娘芳名？"只听那少女说："本姑娘乃是菊花庄庄主郝其鸾的妹妹郝素玉！"关小西这才明白少女也是个女贼，于是说道："你哥哥郝其鸾已经被我打败，你这小小女子能有什么能耐，竟然敢和我斗？"郝素玉也是个刚烈女子，哪受得了关小西这话，气得俏脸绯红，挥刀便直奔关小西杀来，小西急忙接住，两个人便大战起来。关小西见郝素玉是个娇弱少女，想她最多就是会点花拳绣腿而已。他哪知道这郝素玉本来就是练武的好材料，她所持的鸳鸯秀刀也是高人所赠，刀法更是得到名师指点。并且郝素玉怀里还暗藏着一对软索小锤，使起来也是百发百中，并不比张桂兰的袖箭差多少。关小西和郝素玉斗了几个回合才知道自己轻敌了,只见郝素玉刀法精纯,辗转腾挪之间更显身形柔韧,小西心想:"这女孩子小小年纪武艺就如此高强,真是不可小瞧。我一个大男人,万一被她打败岂不是被人笑掉大牙?"于是小西立即使出全力拼杀,郝素玉更是不甘示弱,只见他们二人周围刀光闪烁。两人战了三四十个回合仍不分胜负,郝素玉见赢不了关小西,便故意留了一处破绽。小西取胜心切,看见郝素玉露出破绽有机可乘,立刻紧跟着将倭刀朝郝素玉右肩砍去。郝素玉见时机已经成熟,忽然转身投出那对软索小锤,直朝着关小西的面门打去。关小西本来要砍郝素玉,倭刀送出去一半的时候却忽然心生怜悯,不忍下手,哪知道这一迟疑刚好救了他的性命,要是关小西把倭刀全力砍向郝素玉,那这对铜锤他无论如何也躲不过了。郝素玉把这些都看在了眼里,见关小西躲过了自己的暗器,真是又惊又喜。惊的是关小西武艺了得;喜的是看出关小西对自己手下留情,不免暗暗感动。

两人又斗了几十个回合仍是不分胜负,施仕伦和众人见了都不禁暗暗夸赞两人功夫了得。郝素玉毕竟是个女子,斗得久了体力渐渐不支,喝了一声:"姓关的,本姑娘要回庄歇息了,今日就先放你一马,咱们改天再会吧!"说完就要策马跳出圈外,关小西与她这一斗之后心中非常欣赏郝素玉,小声对她说道:"我钦佩你是女中豪杰,咱们施大人向来宽宏大量,你若能劝你哥哥改邪归正,我愿意举荐你们兄妹二人。"

说罢虚晃了一招,故意卖给她一处空当,有心把她放走,郝素玉赶紧调转马头,扬鞭朝往菊花庄去了。

当天晚上施仕伦率领众人找了一家客栈住了下来,吃完了晚饭后大家聚在一起喝茶闲聊,说起白天关小西大战郝其鸾兄妹的事来,众人纷纷夸赞郝素玉才貌双全。只有施仕伦当年擒罗似虎时招安的那个力大无穷的土匪头目——金大力心里不服,暗自决定要只身前往菊花庄抓回郝其鸾兄妹。

当天夜里金大力手提铁棍,趁着夜色溜出了客栈,摸着黑就到了菊花庄口。虽说这菊花庄大门紧闭,可哪受得住金大力的一身蛮力,只见他三拳两脚就把两寸多厚的大木门砸了个稀巴烂。庄中的仆人被响声惊醒,赶紧跑去禀告郝其鸾说:"庄主不好啦!外面有个大汉,手持铁棍杀进来了!"郝其鸾一听,刚要转身去拿兵刃,手还没等碰到那柄方天画戟,就被破门而入的金大力一棍打倒在地。庄里的仆人见这大汉一身怪力,都吓得不敢动弹,金大力旁若无人地扛起已经昏了过去的郝其鸾,大摇大摆地离开了菊花庄,回到了客栈之中。

第二天一早,金大力把郝其鸾绑得结结实实,带到了施仕伦面前,施仕伦刚要问话,忽然听见客栈外面响起一阵马蹄声。施仕伦等人走出客栈一看,原来是黄天霸带着妻子张桂兰,同计全、李昆一起赶来了。天霸等三人跟施仕伦一起走进房中,却看见郝其鸾被五花大绑地扔在一旁,施仕伦于是把菊花庄一事跟三人说了一遍。哪知李昆本来就认识郝其鸾兄妹,此时见他已经被捉,赶紧对施仕伦说道:"这郝其鸾是小人的旧识,他从小跟妹子郝素玉相依为命,向来都安分守己,并不是仗着武艺为非作歹的恶人。他妹子郝素玉曾经得到高人指点,功夫比她哥哥还要高强。如今郝其鸾已经被抓,小人想请求大人法外开恩,饶他们这一回,他们必然会被施大人的大恩所感动,从今往后将功赎罪,归顺施大人。"施仕伦见李昆替郝其鸾兄妹讲情,便说道:"郝其鸾,既然你是李贤弟的旧识,诸位英雄又都十分欣赏你们兄妹,对于你们过去犯的错本官就既往不咎了。"郝其鸾一听,心里十分惭愧,赶紧跪下磕头请罪。施仕伦见他人品不俗,也就点了点头,把他放回了菊花庄。

晚上吃饭的时候,大家又讲起郝素玉的事,关小西对张桂兰说道:"郝素玉的武艺高强,若是遇见黄嫂嫂,你们两人大战起来那才叫好看呢!"李昆笑着接道:"依我看,也不一定非要大战一场才好看,倒不如弟妹把郝素玉请来两人比试比试,大家就有好戏看啦!"黄天霸听了也觉得有趣,张桂兰见众豪杰都称赞那个郝素玉,便说道:"既然这个郝素玉这么有本事,那明天我就去会会她,也叫大家伙见识见识我的厉害!却不知道施大人同不同意?"施仕伦一听,带着笑说道:"这事倒没什么不好。"众人听了都高声叫好。

第二天一早,张桂兰就骑着马来到了菊花庄口,只见郝素玉从庄里走出来迎接自己。要说张桂兰和郝素玉两人本都是家中独女,又都是生长在绿林之中的刚烈女子,从小身边就都是些土匪粗人,并没有同性姐妹陪伴,哪知今日却能遇见彼此这样意气相投、年龄相仿的好姐妹。两位美佳人一见如故,当即歃血为盟结为了异姓姐妹,张桂兰比郝素玉大了一岁,郝素玉便叫她一声姐姐,两人在菊花庄中郝素玉的闺房里谈天说地,聊了很久,郝素玉跟张桂兰提起:"姐姐盗金牌的事我都听说了,真羡慕你们两个人!你跟我黄姐夫本来是对冤家,最后却成了天赐的良缘,这世上竟然真有这么有缘的两个人啊!"张桂兰听郝素玉话里有话,便想探探她的口气,于是说道:"我们俩的婚事还真是姻缘凑巧,并不是别人强撮合成的,自古婚姻大多都是这样。不知素玉妹妹有没有意中人啊?"郝素玉一听这话脸就红了,只说道:"素玉只是羡慕姐姐,我要是能遇见像姐夫那样的男子也就满足了。"张桂兰听了心里有了数,当晚便告辞了郝素玉,快马加鞭赶回客栈中。回到客栈后张桂兰就对天霸说了郝素玉的事,提起关小西和郝素玉年龄相仿,两人又互相欣赏,正是一段天赐良缘。天霸听了也觉得有理,便来到上房,当着施仕伦和众人的面,提起关小西和郝素玉的婚事。大家听了都称赞二人是天造地设的一对好鸳鸯,关小西心里也是十分乐意。于是施仕伦便替关小西和郝素玉两人挑了吉日成婚。

　　没过几天施仕伦一行人便离开了菊花庄,来到了赣榆县地界,一伙人见钦差来了,便一哄而上跪在轿前,手里捧着状纸大喊冤枉。施仕伦命人接过状纸一看,顿时气得咬牙切齿。原来当地去年七月来了一个新知县名叫谢养儒,他不但不体恤民情,还滥杀无辜、贪得无厌。新知县到处结交狐群狗党,在家里养了一群强盗土匪,县城里大小盗窃案无数,多半都是知县亲自率领手下所为。可恨的是这个谢养儒最好女色,只要在城中碰见稍有姿色的女子都要强抢回家中。城里百姓各家的女子都吓得不敢出门。

施仕伦心想这谢养儒的名字自己是听过的,当年谢养儒在殿试中得了榜眼,被吏部推举到赣榆做知县,照理说,他的品行再不端正也不至于这样无视王法、奸淫掳掠,其中肯定另有隐情。于是施仕伦吩咐黄天霸和关小西到城中去打探消息,看看这个新知县谢养儒究竟有什么秘密。天霸和小西化装成卖艺的来到城里,在百姓中打听了好久,却没得到什么有用的消息,只知道这个新知县之所以敢这样大胆妄为、为非作歹,是因为他曾练过邪门武功,浑身肌肉一用力便可以刀枪不入。

施仕伦听完天霸和小西的回话,顿时一筹莫展。心想谢养儒再怎么乱来他也是堂堂知县,要是没有证据可怎么给他定罪?现在再加上刀枪不入的本领,就算自己官位比他高了几级也还是拿他没办法。施仕伦正在发愁,张桂兰和郝素玉这对小姐妹提议道:"既然这狗官最爱女色,不如我们姐俩扮成卖艺的女子到城中去做诱饵。那狗官看见我们两个年轻女子初来乍到、无依无靠,一定会把我们掳回家中,到时候我们事先在酒里下好蒙汗药,再假意逢迎他,哄他喝酒。等把他麻得没有知觉的时候,跟天霸和小西一起合力把他绑回来，到时再让施大人审他如何？"

　　天霸和小西听了觉得这个美人计可行，第二天张桂兰、郝素玉便跟随何路通、金大力一起到都天庙表演杂耍卖艺。到了庙里，四个人找了一块地方把杂耍用具摆好，支起了木架子，又在上面绑好绳子，不一会就把表演场地布置好了。金大力、何路通两个人扯开嗓门吆喝了几声，庙里的游人就都站住了脚，见一旁站着的张桂兰、郝素玉长得貌美如花，便都渐渐围了过来。看热闹的人越来越多，没过多久，不大的场地就被行人们围了个里三层外三层。只见何路通和金大力耍了一会儿棍子便停下来说道："老伙计，咱们歇一会吧，换咱的妹子们来给各位表演表演。"又对着两位佳人招呼道："妹子快来，你们要是耍得好看，各位大爷会赏咱们白花花的大元宝！"只听张桂兰、郝素玉齐声答应道："来了！"

　　两人这一声真是娇柔可爱，脆中透着点酥劲，只看得围观的人个个目不转睛，眼睛都直直地盯着两个美人。张桂兰和郝素玉走到场地中央摆开了架势，你一拳我一脚地演了起来。起初还是慢慢地拳来脚去，后来便是或上或下、或左或右、或前或后、飞舞跳踢、窜跳纵退，各展武艺。直看得众人目不暇接，巴掌都要拍烂了，喝彩声更是此起彼伏，只见看客抛出的钱币雨点般地撒在地上。

　　这时只见一个人从人群中钻了出来，朝二位女侠一拱手说道："小弟姓薛，单名一个霸字，是县太爷的手下。县太爷生平最爱看这些杂耍把戏，刚刚他老人家路过此地，见几位耍得漂亮,心里喜欢。所以特意派我来把各位请进衙门里去耍一会儿。"金大力、何路通两人装作很高兴的样子,对薛霸千恩万谢。薛霸问他俩说:"你们叫什么名字?这两个女子又是你们什么人?"何路通说:"我叫赵大,那个大个子是我的兄弟赵二。两个女子是我们的妹子,大的叫兰香,小的叫梅香。"薛霸听了心里暗笑,转身领着四个人往县衙去了。

却说这知县见了张桂兰和郝素玉的绝色美貌,顿时心花怒放,立刻便叫人把金大力、何路通带来,骗二人说自己刚刚死了老婆,正好看上了兰香、梅香姐妹俩,要娶二人做小妾。金大力和何路通一听,心里虽然暗骂知县谢养儒无耻之极,表面上却装作受宠若惊的样子,又把张桂兰和郝素玉叫到跟前,叮嘱两人要好好侍奉知县。

恶官见这么容易就把两个绝色佳人骗到了手,真是又高兴又得意。张桂兰和郝素玉事先把蒙汗药下在了酒里,假意逢迎谢养儒,陪他划拳行酒令,哄着他把整整一坛酒全喝光了。最后那恶知县被蒙汗药麻得动弹不得,张桂兰关紧房门,郝素玉从腰里拿出麻绳,把恶知县绑得结结实实的。两人想起刚刚被他冒犯的事,心中怒气难平,便用随身佩刀的刀背把恶知县的两只手臂全砍得掉了环。这时张桂兰推开窗户跳出了屋子,只见屋檐下有个黑影。张桂兰和那黑影对了暗号,知道是自己人,走近一看才知道正是暗中保护自己的黄天霸。

二侠女卖艺　计引毛如虎

　　天霸见妻子和弟妹都没事，便把埋伏着的白马李七和李昆叫了下来，几个人扛着知县顺着后门溜了出去，终于和在衙门外等着的关小西会合，一同将知县抓回到施仕伦面前。

　　原来这个恶知县并不是谢养儒，他姓毛叫毛如虎，去年八月在奉天府地界跟另外两个土匪一起，净干些打劫杀人的勾当。有一天在青草山脚下遇见三个骑马的路人，毛如虎三人以为碰到了三个商人，便把三个路人杀了，想从他们身上搜出些财物。哪知道这三个冤鬼口袋里没有多少钱，却有一张赴赣榆县做官的文凭。于是毛如虎三人把尸体埋了，带着文凭来到了赣榆县，冒充谢养儒做了赣榆县的知县，如此才惹出了这些祸端。

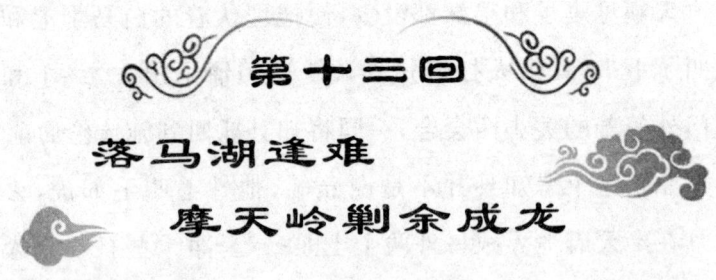

第十三回

落马湖逢难
摩天岭剿余成龙

上回说到施仕伦在赣榆县识破了假知县毛如虎,立刻将恶徒斩首示众,为当地除掉了一霸。当时跟毛如虎一起杀害了真知县谢养儒的另外一个土匪,名叫于亮,见毛如虎被斩,知道大势已去,料想施仕伦必然不会放过自己,于是连夜逃出赣榆县城,往落马湖去了。

这个落马湖就在离赣榆县不远的海州,是当地一座有名的水寨。落马湖水寨不但三面环山,就连唯一的水路上也是机关重重,不认识路的人很难进入其中,可谓易守难攻。寨主人称猴儿李配,专爱结交一些落难的匪寇。于亮到了落马湖面见了李寨主,把自己如何跟义兄毛如虎在山东劫杀了赣榆知县谢养儒,如何冒充他做了假知县,又把施仕伦用美人计擒杀毛如虎的事前前后后说了一遍。李配听完气得拍案而起,说道:"早就听说这个施仕伦爱多管闲事,杀了我们不少绿林好汉。既然于兄弟也是个义气好汉,不如跟咱们一起共守此寨!"说完就把于亮请到了上座,两人便商议起如何设计擒住施仕伦,好给死去的毛如虎报仇。

在这水寨之中,全都是一群对施仕伦恨之入骨的土匪,但却有一个人正在替施公的安全担心。这人名叫张才，原本是个布商，哪知道经商赔本被人追债，当时走到穷途末路之处心灰意冷想要自尽，却正好遇到施仕伦微服出巡。施仕伦不但耐心劝解张才还资助了他许多本钱，鼓励张才重新创业。哪知道张才运气太差，走到落马湖这里遇到了李配这群土匪，不但把他的本钱全数劫走，还把张才抓到水寨中，叫他做了管事。这时张才听到于亮和李配计划要把施仕伦抓回水寨中，心里很替恩公担心，但一想施仕伦身边总有众多英雄保护，又觉得自己的担心有点多余，他哪知道施仕伦命中该有这一劫难。自从离开了赣榆县，天霸等一行人本来保护着施公到了海州。哪知道正好碰上一件冤案，施仕伦明察不出线索，只好扮成普通百姓的样子出去暗访，没走多久就到了运河边上。施仕伦正在琢磨怎么过到对岸去，忽然看见岸边靠过来一艘渡船，船上的人还高声问他："先生要叫船吗？"施仕伦答道："我要过河，船家把我带到河对岸就行，船钱不会少你的。"船上的人便把施仕伦扶进船舱里坐好，立刻开船离开了岸边。

原来船上这人不是别人，正是落马湖的土匪于亮。于亮这天开船出寨本来是要去海州集市上买些衣物，没想到在岸边碰见了施仕伦。于亮打老远便认出了施仕伦，思来想去决定将计就计，装作是摆渡客船的样子把施仕伦拐回了落马湖。

再说黄天霸等人发现施仕伦不见了，到处找了一整夜也不见恩公的人影，几个人合计了半天，料想施仕伦准是又被哪个来寻仇的土匪给劫走了。黄天霸本来就急于找到施仕伦,再一想到恩公过去曾经陷入的种种险境,哪次不是命悬一线?天霸越想越觉得心惊,恨不得立刻飞到恩公身边,唯恐自己去得晚了就只能替施钦差收尸了。计全见天霸六神无主,便劝他再去褚家庄找褚标探听一下情况。这海州离褚家庄并不太远,褚标见多识广,一定了解此地都有些什么土匪团伙、当家的是谁。只要大家掌握了海州一带都有哪些绿林人士,想要找出是哪一伙劫走了施大人也就不难了。黄天霸听了心想:"当下除了计大哥的这个办法,似乎也没有什么别的路可走了,现在最重要的就是要抓紧时间。"于是黄天霸打点行装,连夜赶回褚家庄找褚大伯探听消息去了。

黄天霸到了褚家庄,跟褚标讲了自己如何在海州附近把施大人给弄丢了,心里虽然焦急却是一点头绪都没有,紧接着便问褚标:"大伯见多识广,能不能告诉侄子那海州地界都有哪些土匪?"褚标皱眉想了一会儿,答道:"要是施大人真是被土匪劫走的,恐怕是凶多吉少了!那海州附近本来很太平,只在落马湖内有个水寨,寨主猴儿李配性情急躁得很,施大人想必就是被他抓去了!可是这落马湖水面很大、河道曲折复杂,贤侄要是不能找到一个了解水寨地形的向导帮你引路,想要毫发无伤地救回大人可就太难了。"天霸听了褚标这番话顿时心凉了半截,自己会武功当然不难进入水寨中,但却难保不惊动寨中的土匪,到时候再想把大人安全地救出来可就没有把握了。褚标见天霸一时没有了主意,便开导他说:"贤侄不要着急,老朽这就跟你一起到海州去,到时候咱们大家集思广益,一定能想出个好办法把大人救出来!"于是叔侄俩便离开了褚家庄,一同往海州去了。黄天霸救主心切,本来想连续赶路一口气回到海州,可是想到褚标年事已高,只好在途中找个了酒楼歇脚。爷俩朝小二要了些好吃的饭菜,正等着上菜的时候,却听见有人在旁边不停地叹气。天霸回头看了一眼,忽然觉得好像在哪见过那个叹气的人,那人此时正好也看见了天霸,两人就这么盯着对方看了半天。只见那人走到天霸两人的桌旁问道:"请问这位爷是姓黄吗?"天霸答道:"是啊,您是哪位?"那人赶紧说:"您还记得几年前您跟施青天一起在路边救下过一个要自杀的赔本商人吗?"天霸隐约想起来点,便说:"你就是那个赔本商人吧?你叫什么来着?"那人说道:"小人名叫张才。"

原来那天张才见于亮把施仕伦绑回了落马湖,自然急得不行。当时于亮本要当场杀了施仕伦,张才情急之下大着胆子提议说,既然施仕伦罪大恶极,一刀砍死他实在是便宜他了,与其让他死得那么痛快,不如把他关起来不给他吃饭,让他多受些罪岂不是更好?于亮和李配听了觉得有道理,便把施仕伦关在地牢中,想要把他活活饿死。张才于是便趁机偷偷地给施仕伦送些水果和馒头,总算暂时保住了施仕伦的性命。可是张才知道长期这么下去总有露馅的一天,于亮和李配见施仕伦老也饿不死,必然不会放过自己,何况要是连自己都死了,施仕伦就更活不成了。于是张才准备了好几天的食物,给施仕伦送去之后便偷偷溜出了落马湖,到海州去找黄天霸等人报信。张才边走边打听,却并没找到黄天霸等人落脚的地方，这天实在是走不动了，便找了地方吃口饭歇歇脚。想起施恩公还在地牢中受罪，自己却找不到救兵，张才心中正难过得直叹气时却正巧遇见了天霸和褚标，便把事情经过跟两人从头到尾讲了一遍。

天霸听完张才的话真是又急又气，恨不得现在就冲进落马湖中杀他个片甲不留，却听见褚标问张才说："张贤侄是什么时候被李配抓到落马湖中的？对水寨中的道路和机关熟不熟悉？"张才答道："小人被抓进寨中少说也有三年了，落马湖中的水道和机关早被我摸得一清二楚，闭着眼睛也能毫发无损地走进走出！"张才话音没落，天霸和褚标二人便相视一笑，心想这下恩公终于有救了！于是叔侄俩带着张才回到了海州，和众人讲了一番前因后果。关小西等人一听施公身陷落马湖，个个摩拳擦掌准备前去营救，于是天霸便叫张才做向导，带着众人一起往落马湖杀去。

就说那猴儿李配就是仗着落马湖的易守难攻才成了地方一霸，天霸等人有了张才引路，轻轻松松地便潜入了落马湖的水寨之中，从地牢里救出施仕伦之后便大开杀戒，把这落马湖掀了个底儿朝天。天霸和小西合力杀死了李配和于亮两个恶匪，这才解了众人的心头之恨。

再说施仕伦自从在落马湖差点没命之后，再也不敢在路上多耽搁，一行人快马加鞭赶到了淮安府。到了淮安府中，施仕伦从上任漕运总督那里接管了金铸的官印之后，便算是正式上任了。上任第二天施仕伦便派人贴出告示，警告各级官员不得收受贿赂、贪赃枉法，一旦查出哪个敢犯，必然严加惩治。当地的官员早就听说施仕伦作风廉洁,最痛恨徇私舞弊的贪官,于是个个都不敢做坏事了。当地百姓更是个个称赞施仕伦清廉公正,说他是当朝包公。

黄天霸也接任了漕运副将,和张桂兰一起住在施仕伦的总督府中。这天黄天霸夫妇正和褚标在屋里闲聊,忽然有当差的来禀告说外面有个小孩来找天霸,说自己叫贺人杰,是天霸义兄贺天保的儿子,天霸听了忙叫当差的把那孩子带进府里。没过多久当差的就回来了,身后还跟着个十三四岁的男孩,张桂兰偷偷瞧了天霸一眼,见天霸只是怔怔地瞧着贺人杰,半天说不出话来。桂兰回头再瞧贺人杰,只见他小脸儿粉白粉白的,圆润的额头下两道剑眉像是用墨画的,一双眼珠乌黑溜圆,清澈的眼神好像会说话一样。高鼻梁、樱桃口,一脸英武之气,满面精灵模样,浑身上下散发着英雄气概。贺人杰见屋里没人说话,便问道:"你们哪个是我四叔?"当差的指了指黄天霸,贺人杰便紧走了几步,来到黄天霸面前跪倒说:"侄儿贺人杰给四叔磕头了!"说完便给天霸磕了好几个响头。张桂兰和褚标见了,都称赞贺人杰英俊大气、精灵可爱。唯有黄天霸看着贺人杰俊俏可爱的模样,顿时想起死去的义兄贺天保,心里一酸竟然流下泪来。张桂兰赶紧劝了天霸,拉着贺人杰的手询问了他家里的情况,也知道了他娘身体还好,看贺人杰已经长成,又听说天霸被皇上封了官,这才叫儿子来投奔四叔。贺人杰他娘之所以舍得贺人杰这么小年纪就一个人出来找天霸,一方面是想让儿子趁着年纪小多长些见识,一方面是想让天霸把这侄儿当成亲生儿子一样爱护管教、培养成才,将来等贺人杰长大了,才能替他死去的亲爹为施大人做事。天霸定了定神,先是问贺人杰会什么兵刃,贺人杰答道:"四叔,不是侄儿说大话,咱是刀枪棍棒全都能耍几套。您要是不信,我这就给您舞一套!"说完伸手就从背后抽出一把单刀,一个箭步跳到屋外,摆开架势舞了起来。只见那单刀挽出的白花先是零零落落,紧接着便上下飞舞、越来越密,不一会刀锋所及之处便织成了一张银灿灿的大网,把贺人杰罩在其中。褚标、张桂兰和黄天霸看到这都忍不住喝彩起来,心想:"人杰小小年纪竟能练出这样的刀法,真是了不起!"人杰提着单刀向三人抱拳谢过,便跟着天霸往施仕伦的房中去了。

施仕伦见天霸领着一个少年来见,心里正奇怪呢,却听天霸介绍说那少年就是已故的贺天保的独子,名叫贺人杰,又讲了人杰刚刚在院中舞剑的事,称赞人杰功夫了得。施仕伦听了顿时心生感慨,又看人杰的样子很招人喜欢,便笑着对天霸说:"贺义士虽然已经死了,但是他能有这么好的儿子,也算是后继有人了! 既然你前来投奔你黄四叔,那就好好跟在他身边吧。"天霸听了恩公的话,知道施仕伦已经同意留下贺人杰,忙谢过了恩公,把贺人杰领回了自己房中。

却说这天夜里,施仕伦正在书房中看书,忽然有人从窗户外面扔进一张字条。施仕伦捡起来一看,只见上面写着:"过天星借官印一用,明天派人来取。"施仕伦顿时吓得一身冷汗,赶紧叫仆人去东边房中察看官印还在不在,心里又觉得不保险,赶紧把天霸等人全都叫到了书房中。天霸和褚标看了那张字条后忙问施仕伦："您有没有派人去看守官印?"
施仕伦答道:"当然派人去了!"天霸和褚标顿时紧张了起来,
对施公说:"您这正是中了贼人的奸计了! 这张字条的用意
是投石问路,那贼人本来不知道官印放在什么地方,所以故
意写了这张字条给您看。您看了字条肯定非常担心官印丢
失,所以一定会派人去察看官印,这不是正把贼人领到放官
印的地方了吗!"施仕伦一听,一时没有了主意。这时那个刚
刚被施仕伦派去察看官印的仆人回到了屋里,一看黄天霸等
人都在,忙说:"大人别急,我刚刚去察看过了,官印还在原
处,并没被人拿走。"褚标听了只说:"这下官印恐怕已经被贼
人偷走了。"施仕伦等人一起赶到东边房里,只见装官印的盒
子还在,上面的锁却已经被人打开,里面哪里还有官印的影
子? 众人在屋里四处寻找了半天,只找到一支羽毛箭。天霸
拿着箭仔细察看了一番,只见上面刻着"余成龙"三个字,心
想偷走施大人官印的恐怕就是这人了,于是便把箭拿给众人
看了。褚标一见"余成龙"三个字,便说:"老朽知道这人,他
就在淮安东北边的摩天岭上。老朽早就听人说过这个摩天
岭上有一伙强盗,为首的叫余成龙,这人武艺高强、飞檐走
壁,一向爱以弩箭为暗器。只是这帮强盗从来不打劫当地的
普通百姓,却专挑那种为富不仁的奸商和贪官下手。施大人
的清廉在江湖上无人不晓,所以余成龙肯定不是冲着施大人
来的。这官印要真是被余成龙盗走的,那他准是对施大人手
下的诸位英雄豪杰不服,故意来挑起事端!"施仕伦听了褚标
的话,总算放心了一些,慢慢说道:"褚老英雄既然知道这个

余成龙,咱们总算知道了得朝谁要回官印。虽说余成龙盗印并无恶意,但我这当官的丢了印,可是要掉脑袋的大罪,各位怎么也得想办法帮我把官印拿回来。"众人听了施仕伦的话觉得有理,知道事不宜迟,便聚在一起你一言我一语地商量起对策来。

却说刚刚施仕伦把众人叫到自己房中时,贺人杰也跟着黄天霸一起来了。刚刚褚标说起余成龙因为不服黄天霸等人,所以才盗走了施公官印。贺人杰年少,见这个余成龙太过狂妄,竟然不把自己崇拜的黄四叔放在眼里,一时气得小脸通红、双拳攥得死紧。天霸回头看见贺人杰脸色不大好,想到人杰毕竟还年幼,以为他是因为旅途疲惫身体受不住了,忙叫张桂兰把贺人杰带回自己房中休息。

就说贺人杰回到房里,越想越是不服那个余成龙,心想自己不如现在就去摩天岭会一会这个余成龙,要是真能取回印信,不但是为施大人立了大功一件,也能让众位豪杰对自己刮目相看,何况就连黄四叔脸上也有光。贺人杰心思已定,便起身换好衣服,把单刀和金钱镖装进包袱之中,悄悄溜出了屋外,直奔摩天岭而去。

贺人杰连夜赶到了摩天岭之下,一路上怒火也没那么旺了,冷静下来之后一想:"我贺人杰不过是个十三岁的小娃娃,那余成龙能在那么多大英雄眼皮底下把官印偷走,他的能耐肯定比我要大上十倍百倍。我如果直接跟他比试武艺,胜算实在太小,不如想个不用跟他交手也能取回官印的巧妙办法。"于是在心里算计好了之后,这才来到了摩天岭山寨门口。

　　这里先不说贺人杰究竟想了个什么办法对付余成龙，只说黄天霸第二天发现贺人杰不见了，再一回想昨天晚上人杰脸上的表情，这才明白这孩子年轻气盛还是个烈脾气，肯定是偷跑去摩天岭找余成龙了。天霸想到这，顿时吓得一身冷汗，心想这贺人杰的娘把孩子托付给自己才一夜的工夫，自己就把人杰给看丢了。要是人杰再被余成龙给伤了性命，他黄天霸岂不是活着没脸见嫂子，死了无颜见义兄吗？想到这，天霸赶紧把小西和李昆等人叫来，将人杰去找余成龙的事跟大家讲了，小西等人听了都觉得应该赶紧动身去追人杰，反正施大人的官印也是越早取回越好，此时去取就当是拿回官印的时候顺便把人杰带回来了。天霸心想正合我意，于是一行人便起身赶往摩天岭。哪知刚到摩天岭下，便看见山寨中火光冲天，众人见了顿时兴起，心想这余成龙后院起火，寨中必然乱成一团。咱们正好趁此机会冲进去取回官印，再杀他们个片甲不留。

　　这摩天岭好好的怎么就起火了呢？原来贺人杰当天进了摩天岭山寨之后，一见余成龙，便毫不隐瞒地把自己的身世告诉了他，但却把自己来投奔黄天霸说成是来找黄天霸报父仇。那余成龙就是因为听说黄天霸被皇帝封了官，觉得黄天霸是靠杀害绿林好汉换回的官位，所以对黄天霸特别不服，因此才盗走了施仕伦的官印。余成龙本来就见贺人杰长得少年英雄的模样，心中很喜欢他，又听说人杰的父亲是被黄天霸所害，更钦佩贺人杰小小年纪竟有为父报仇的志气，于是便把人杰留在了山寨中。贺人杰假装一提起黄天霸就恨得咬牙切齿,余成龙为了哄他开心,便把人杰领到了寨中的凌虚楼中对他说:"你看这凌虚楼虽然不高,但却是我专为黄天霸所建。咱们爷俩进得去出得来,可那黄天霸纵然有天大的本事,只要一进去就甭想出来!"贺人杰问:"为什么咱们能出来,他却不行?"余成龙笑着说:"施不全的官印就放在这凌虚楼的最顶上,但是楼中却布满了我设计的机关。咱们知道机关在哪能躲开,所以出得去;黄天霸却不知道,所以他就得在此丧命!"余成龙说完,又怕人杰贪玩误闯凌虚楼,便把如何躲过机关一一告诉了贺人杰。贺人杰当时细心记下了每处机关,晚上便趁着夜色独闯凌虚楼取回了官印。贺人杰一把官印拿到手中便放火把凌虚楼点着了,趁着寨中混乱跑出了摩天岭。

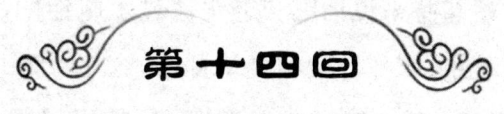

第十四回

祸起八蜡庙
水龙窝拿费德功

　　上回说到贺人杰独闯摩天岭，用计骗过了余成龙，从凌虚楼中取回了官印之后又放火烧了摩天岭。贺人杰趁着山寨中的土匪们忙着救火的时候从摩天岭上溜了下来，路上正巧遇到黄天霸一行人。众人见贺人杰平安无事，自然都很高兴，当即趁着大火杀进了摩天岭中，把余成龙为首的一群土匪杀了个精光。众人得胜回到了淮安府，刚进城门，天霸便赶紧下马拉住人杰，从上到下仔细地打量了他一番，见人杰果真毫发无伤，这才把一颗悬着的心放了下来。贺人杰知道自己不辞而别让黄四叔担心了，便先向众位长辈请了罪，然后才把自己如何用计骗了余成龙，又怎样从凌虚楼中取回施大人官印的事讲了一遍。众人听了都夸赞人杰小小年纪却智勇双全，施仕伦也称赞贺人杰立了大功。

　　却说施仕伦这天在淮安府衙升堂，忽然听见门外有人喊冤，施仕伦忙叫官差把喊冤的人带进来。不多时，就见一个老头搀着一个老婆子，两人哭哭啼啼地走到公堂之上，跪在施仕伦面前磕着头说道："施青天在上！小人有冤情，大人您可一定要替我们讨回公道啊！"施仕伦见两人可怜，忙说："二老先别哭,站起身来说话吧。"老头谢过了施仕伦,起身说道:"小人名叫吴用,家住海州招贤镇郊区,今年五十八岁。这老婆子是我妻子,我们俩没生过儿子,这辈子只有两个女儿。大女儿前些年已经嫁人了,如今身边只剩下一个刚满十八岁的小女儿,她就成了我们老两口的心肝宝贝,是我们的命根子啊! 小女儿长得美丽,所以我们俩千挑万选,前些天才刚给她找了一个好夫君,两家约定好今年十二月给他们成亲。三天前听说招贤镇八蜡庙唱戏,于是小人就带着妻女到八蜡庙看戏,哪知道这一去女儿竟然被水龙窝的强盗给抢走了。"老头讲到这里便说不下去了,施仕伦好言劝说了半天,这才问清了情况。

原来这海州西北方水路发达,河道蜿蜒复杂,民间便传说这里曾经有一条水龙兴风作浪,因此这里才有了"水龙窝"这个名字。几年前当地来了三名水寇,见水龙窝地形易守难攻,便在此安营扎寨,三个水寇是结拜兄弟,为首的名叫费德功,其他两个一个叫米龙、一个叫窦虎。几年间三人召集了不少手下,专在海州附近客船必经的水路要道打劫路过的商人。这几天米龙和窦虎见费德功的四十大寿就要到了,很想为大哥置办点像样的寿礼。两人想起费德功特别贪好女色,于是就商量好到招贤镇去抢个美貌的少女,好把她作为礼物献给费德功。

这天米龙和窦虎到了镇上,正好赶上八蜡庙唱戏。当时吴用一家三口正在庙会上看戏,一出戏还没等演完,就听众人窃窃私语说什么"大王来了",吴用这才知道是水龙窝的强盗来了,赶紧拉着妻子和女儿想离开。哪知道三人匆匆走到庙门口时,却和米龙、窦虎撞了个正着。两个强盗一见吴用的女儿长得貌美,便拦住了吴用一家,指着吴家女儿问吴用:"老头,这小姑娘是你什么人?"吴用回道:"是小人的女儿。"米龙听了大笑着说道:"老头命不错,你长成这副样子,你闺女却生得这么俊俏!咱们大王正缺个压寨夫人,你就把这闺女献给大王做夫人吧!将来你们两个人也能跟着女儿到我们寨中享福。"吴用一听顿时吓得魂飞魄散,赶紧对米龙百般哀求,说自己的女儿早有了夫家,不能去给大王当夫人。两个强盗见吴用不肯,便动手把吴用和他妻子打倒在地,硬把他女儿抢走了。吴用和妻子眼看着女儿被强盗抢走却一点办法都没有,再一想到女儿如今生死未卜,实在不甘心就这样算了,两人这才到淮安府衙门来喊冤,想叫施仕伦帮他们找回女儿。

施仕伦听完事情经过顿时紧锁双眉,把天霸、小西等人都叫到面前说:"这帮水寇实在是目无王法,本官一定要为他们二人做主!还请各位想个办法从那水龙窝中救出吴用的女儿,为海州百姓除掉那三个恶匪。"天霸忙问:"吴用虽然告诉了咱们那个费德功在水龙窝中藏身,有两个手下叫米龙和窦虎,但却没说清水龙窝到底在什么地方。再说海州一带的水寨中地形都很复杂,我们即使找到了水龙窝,想要进去也是件难事。"褚标听了,说道:"贤侄要捉水龙窝的强盗,老朽倒有一计,只是不知贤侄肯不肯。"天霸 听褚标有办法潜入水龙窝,连忙说:"褚大伯有什么办法就快讲吧,只要我黄天霸能做到,就一定不会推辞。"褚标于是说道:"老朽的计策需要贤侄的夫人张桂兰和侄子贺人杰相助才能成功。明天正好赶上八蜡庙办庙会,到时候我扮成村民,桂兰扮作我的女儿,人杰则扮作我的外孙。既然那费德功贪恋女色,见了桂兰这样的美人肯定要派人来抢,明天我们三人到庙会中去做诱饵,天霸和小西等人扮成一伙卖艺的,跟在我们不远处,等恶匪把桂兰抢走的时候,扮成卖艺的人就和我一起跟在桂兰他们身后,这样就能找到水龙窝的所在之处了!"众人听了都觉得此计甚妙,天霸原本就盼望妻子能立功,见有这样的好机会自然很高兴,忙回到自己房中把褚标的计策跟桂兰和人杰讲了。贺人杰一听要让自己化装去做诱饵,顿时觉得很好玩,只说自己从此要管桂兰婶婶叫娘了,天霸和张桂兰都被人杰逗得大笑了起来。第二天,张桂兰和贺人杰便收拾好行装,同褚标一起打扮成普通百姓的样子,一大早便来到了八蜡庙。爷仨为了吸引强盗的注意,便在庙会中到处走动,天霸和小西也在庙中打出个场地,装作吆喝卖艺,随时观察着桂兰等人的动静。

还没到中午的时候,天霸便瞥见两个大汉朝褚标和桂兰走去。这两个大汉不是别人,正是那天抢走吴用女儿的米龙和窦虎。两个强盗听说八蜡庙办庙会,便想再来替费德功抓个美人回去,哪知刚到不久便看见了张桂兰,看桂兰貌美如花,身边又只有一老一小,于是走上前去对褚标说:"这小娘子可是你的女儿?"褚标骂道:"你们这两个人真是莫名其妙,她是不是我女儿跟你们有什么关系?"米龙见这老头竟敢和自己顶嘴,气得大喝:"大爷我看她长得标致,要把她带回寨中享用,你这老头竟然不识好歹!"说罢抢了桂兰便走。贺人杰一见,一边假装嘴里哭喊着叫"娘",一边牢牢抓住桂兰的胳膊不放,紧跟着两个强盗一起走了。褚标在后面假装哭喊了几声,便同天霸和小西一起偷偷跟着两个强盗来到了水龙窝。

　　却说张桂兰和贺人杰被米龙、窦虎带到了水龙窝水寨之中,费德功听说两位义弟又替自己抢来了一个绝色佳人,便兴高采烈地出来迎接二人。费德功一进厅堂就看见了张桂兰,心想这个小娘子真是位绝代佳人,一低头又看见了贺人杰,便问道:"这小子是谁?"米龙和窦虎答道:"这孩子是美人的儿子。"贺人杰在一旁接口道:"是你祖宗!"把费德功给逗得大笑不止。张桂兰假装骂道:"你们这群强盗,把我抢到这来做什么!"费德功不答反问:"美人叫什么名字?你既然到了我这就不要再害羞了,大爷我最是多情,今晚就要娶你做压寨夫人!"张桂兰说道:"小女子的姓名现在不能告诉你,到时候你自然就知道了。既然我已经被你们抓来此地,想逃是不行了,但是你只要满足我几个小要求,我今晚就让你娶;要是你做不到,我就是死也不会让你碰我一下!"费德功一听,赶紧赔着笑脸说:"美人就算有一万个要求我也会做到,你快说你想要什么?"桂兰说道:"第一,你既然说晚上娶我,白天便要单独给我准备一个房间,不许你进来;第二,我儿子是我的心头肉,他想要干什么你都得依着他,不许有一点惹他不高兴;第三,晚上成亲时,我想要吃什么菜、喝多少酒,你都得陪我吃喝个痛快。"费德功听了笑道:"这有什么难的!我还以为你有什么天大的要求呢。这些都是小事,全听你的了。"说完,便叫人安排一间上房给张桂兰白天休息用。

张桂兰带着贺人杰进到房中之后,便对费德功派来侍奉她的女仆说:"你跟你家大王去说一声,叫他派个亲信的人陪小少爷到各处去玩玩。"贺人杰听了张桂兰这话,知道婶婶是叫自己去探路,于是便跟着女仆来到费德功房前。费德功一听美人提要求了,明白得用心哄好贺人杰才能讨得美人欢心,于是便把一个最得力的助手叫到身边,嘱咐他领着人杰在寨中各处好好转转,贺人杰提什么要求都得依着他。把人杰哄走之后,费德功便开始置办酒菜,准备晚上和美人成亲。

再说褚标和天霸、小西三人,追着桂兰和人杰两人到了水龙窝寨门前,虽然找到了强盗的老窝却不敢贸然闯进去,只得等到事先约定好的三更时分,再和桂兰、人杰里应外合,杀个片甲不留。

再说贺人杰在寨中认好了路,记清了各处机关,便回到张桂兰屋里一一告诉了她。桂兰见天色渐晚,于是叫女仆在隔壁的房间给贺人杰铺好床铺,自己也倚在床边休息了一阵。贺人杰到了隔壁,把灯吹熄了之后,便靠在窗下手握单刀,仔细听着隔壁的动静。

费德功先是跟米龙、窦虎二人吃喝了一通,到了晚上,才摇摇晃晃地来到张桂兰屋里。张桂兰见费德功已有五分醉意,便拉着他假意调笑,借着机会拼命给他灌了好多酒。费德功吃饱喝足之后,便拉着张桂兰要与她成亲。桂兰正不知道怎么脱身,忽然听到外面有鼓声敲过三更,便一掌推开费德功,喝道:"狗贼!你姑奶奶是随便碰的吗?你白天不是问我的姓名吗?现在告诉你,我就是漕运总督施大人手下黄天霸的妻子张桂兰!"说罢拔出单刀便向费德功砍去。

隔壁人杰一听婶婶已经动了手,赶紧纵身从窗户跳进屋里,手中刀光一闪,便把费德功的右手臂给砍了下来。这时门外的女仆听见屋里声音不对,推开门正好看见费德功浑身是血倒在地下,连忙跑出房间喊道:"快来人啊!有奸细把大王给杀了!"寨中的喽啰们一听大王死了,顿时乱作一团,都从房中冲出来叫喊着要找出奸细。

天霸、小西和褚标在寨门外听见里面突然喊杀声震天,知道时辰已到,桂兰和人杰已经动手了,赶忙杀进水龙窝中。

桂兰和贺人杰合力杀死了费德功,又在一处房中找到了吴用的女儿,不久就遇见了天霸等三人。原来小西和天霸也分别杀死了米龙和窦虎,只是没找到吴用的女儿。此时两路人马终于会合,天霸和人杰到寨中各处点火烧了水龙窝之后,一行人才离开水寨,赶回淮安府。

施仕伦见几个人立了大功,便分别赏赐了银两,接着叫吴用来领回了女儿。黄天霸夫妇大破水龙窝,手刃费德功一事不久便在淮安传开,城中百姓们无不称赞施仕伦主仆二人。

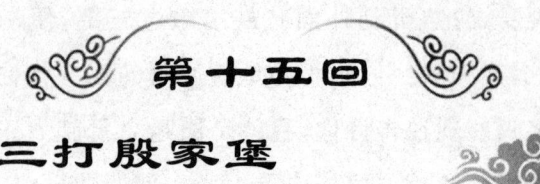

第十五回
三打殷家堡
殷龙退还粮饷银

　　这天施仕伦突然接到徐州一带各府州县的许多份紧急公文，里面竟然都是禀报黄河决口导致各地遭受水灾的，从德州往南情况紧急，其中以徐州所受的灾情最为严重。各地的灾民数量庞大，知府们纷纷请求施仕伦尽快运粮去赈灾。施仕伦看完公文非常焦急，心想："历朝历代都经历过不少黄河水灾，在这国难当头的时刻，受灾地区的官员都在抢修河堤、为国效力，我怎么能留在淮安什么都不做呢？看来这次我必须亲自前去赈灾。"主意已定，施仕伦吩咐手下把车船人马置办齐，思来想去后只留下朱光祖和褚标两人维护当地治安，自己则跟天霸等人一起乘船往灾区去了。

　　这天施仕伦等人所坐的船正好到了徐州境内，施仕伦和天霸站在甲板上往外看，只见船下水势凶猛，两岸一片汪洋，房屋农田全都被大水淹没了，远处还有许多无家可归的百姓，大多都是半截身子泡在水中，小孩子的哭声不绝于耳。施仕伦见灾区的情形如此凄惨，实在不忍心再看，只好转身回到船舱中去了。

　　施仕伦到了灾区之后，不光要尽快为各处发放赈灾粮草，还要把各地知府交上来的赈灾银两分门别类地登记好，再派人火速运回京城去。施仕伦身为漕运总督，运送赈灾粮食倒还难不倒他，可是他想来想去也不知道要怎么把这么多白花花的银子运回遥远的京城去。关小西和计全见施仕伦整天为了把银子安全运回京城的事发愁，于是两人自告奋勇，接下了这个困难的任务。施仕伦见两位壮士为自己分忧，心里虽然很感动，但也忍不住有些担心。小西和计全见施大人不太放心他们二人，暗地里有些不高兴，可小西、计全却不知道，这次去京城的途中正有一场大祸等着他们俩。

只说这次黄河水灾来势凶猛，很多以前没有遭受过洪水的地方这次也难逃一劫，德州的殷家堡就是其中之一。这殷家堡方圆四十余里，里面住着两千多户人家全都姓殷，堡主名叫殷龙，绰号镇山东。殷龙一共有五个孩子，其中四个男孩全都武艺高超，就连唯一的女儿殷赛花也练就一身好功夫。这次黄河洪水也波及了殷家堡，但是所受的灾情不是很严重，农田中所种的粮食也没有什么损失，所以地方官就没有把殷家堡受灾的事上报给施仕伦，施仕伦当然也没有给殷家堡发放赈灾粮食。可是殷家堡这两千多户村民却愤愤不平，认为本地虽然受损失不多，但朝廷也应该给点补偿才对，这样不闻不问岂不是故意欺负老实人。

这天堡主殷龙正在家跟女儿聊天，说起这次水灾，殷龙感叹道："这次不少地方受灾，听说灾情严重的村子里房屋和农田都被洪水给淹了，死了不少人。咱们堡里虽然也受灾了，但是幸好洪水来得快去得也快，各家各户都没什么大损失,也算是不幸中的万幸啊!"父女俩正说着,忽然有仆人来报告说,村里的十六个首领在门外吵着要见堡主。殷龙虽然心里觉得奇怪,但还是叫仆人把众位首领请进屋里来。不一会儿,殷家堡的十六个首领一起走了进来,一见堡主便纷纷说道:"咱们堡里遭灾各家都损失了不少,地方官员为什么不把咱们堡里的灾情跟上面反映?地方小官不管也就罢了,凭什么那个漕运总督到各地去发放赈灾粮食,却偏偏把咱们殷家堡给忘了?难道咱们两千多户都不是大清朝的百姓?他这个漕运总督既然不能公平对待受灾的百姓,可就别怪咱们不客气了!有人听说漕运总督的手下正往京城押运赈灾的银子,这两天正好要从咱们这里经过,我们这不特意来找您商量商量,咱们堡里正好可以把这些白花花的银子借来应应急啊。"殷龙一听这话,大喝道:"你们要造反啊!说好听了那是国库的银子,说白了那就是皇帝爷的银子!你们连这都敢抢,这不是从皇上兜里往外掏钱吗?再说施仕伦没给咱们堡发放赈灾粮食又不是他的错,地方官不向他报告,他哪知道咱们这也受灾呢?咱们要是想要点粮食补贴受灾的人家,等施仕伦路过的时候跟他要就行了,你们怎么就非要去抢银子呢?施仕伦手下能人那么多,一个黄天霸就吓破多少人的胆,这次押送银两的肯定有不少高手。你们竟然还想去抢,真是活得不耐烦了!"几个首领见殷龙不肯,都觉得堡主胆小怕事很瞧不起他,齐声说道:"依您老人家的意思,这件事不怪施不全偏心,反倒怪我们不知好歹了?算了,既然你害怕施不全手下能人众多,又有像黄天霸这样的高手,我们就不勉强您了,可是咱们几个不知道天高地厚的却要去会会他们!"说完便一起离开了殷龙家。

十六个首领从堡主家出来,个个愤愤不平,于是便把全堡各家的壮丁召集到一起,告诉众人殷龙不但偏袒施仕伦,还惧怕黄天霸的武艺,死活不同意去劫官银。堡中村民见堡主这么窝囊,都表示愿意听各个首领调遣。于是殷家堡中的两千多户不顾堡主殷龙的阻拦,各自分配了任务准备抢劫官银。

再说关小西和计全奉施仕伦之命押运官银,这天正好走到德州境内。殷家堡中的几个首领探听到这个消息,赶紧带着六百多个强壮的村民,埋伏在西山脚下。小西和计全押送着十几辆装满官银的大车刚走到西山脚下,突然听见喊杀声震天,只见无数手拿兵器的壮汉从四面八方冲了出来,把装运官银的大车团团围住。小西一见这情景,赶紧大喝道:"大胆土匪,光天化日之下竟敢抢劫官家!你们是哪个山头的,快报上名来!"只听众人齐声说:"我们都是殷家堡中的良民,堡里明明也遭受水灾,却没见你们施大人来给咱发放赈灾粮食。现在堡中村民没有饭吃,我们是奉堡主殷龙之命,特意来借施大人的官银一用。"说着便蜂拥而上,推的推、拉的拉,要把十几辆装满官银的大车拉走。关小西和计全一见这情景,赶紧抢到车前,横刀拦住那些村民。可殷家堡的村民眼看官银就要到手,却是一步都不肯退,用手死死抓住银车推了就跑,小西、计全没办法,只好分头去拦住村民。二人知道他们都是普通百姓,不愿伤到他们所以没有大打出手,哪知这些村民见二人有所顾虑，不但不领情，反倒挥舞起兵刃不分轻重地胡乱朝二人砍来。小西两人且战且退，没多一会儿竟然被一群村民围在了中间。关小西见这群村民实在不讲理，只好抽出倭刀杀出重围。不料殷家堡村民人数实在太多，手中都有武器不说，每次朝小西砍的时候还都使出全力。等关小西从村民的包围中冲出来时，大腿、胳膊和后背上都被砍了几刀，幸亏都不是要害。小西正要忍痛回去救计全时，却听见有人嚷道："官银都已经推回堡里啦，咱们走吧！"村民们一听银子已经到手，顿时一哄而散了。

小西见官银已失，自己又身受重伤，现在贸然追过去恐怕要吃大亏，于是便跟计全一起火速赶回淮安府。此时施仕伦和天霸等人已经回到了淮安，听说官银被劫顿时大吃一惊，赶紧吩咐天霸带领兵马去殷家堡要回官银。计全、李昆、何路通等人自然要同行，郝素玉见关小西身受重伤，便也要一起前去给丈夫报仇，张桂兰担心黄天霸性情急躁，怕他因此吃亏，于是也带着贺人杰一起往殷家堡去了。

再说殷家堡堡主殷龙听说村民们打着自己的名号，不但抢了官银还打伤了一名押送的官员，知道这回事情闹大了，于是赶紧派人把那带头的十六个首领叫到家里来。殷龙见众首领全到齐了，劈头就是一顿臭骂："你看看你们做的好事，竟然敢带着村民们去抢官银！等官兵杀过来，我看你们怎么办！"众首领不服气，只说："咱们堡里有两千多户，就算一家只出一个壮汉也有两千多人呢！咱们只要齐心协力地跟他们斗，有什么好怕的！"殷龙听了大怒，立刻命仆人把这十六个不知天高地厚的首领绑好了,送到官府去投案自首。众首领见了当然不肯,没等殷龙家的仆人动手便都跑没影了。殷龙这个气呀,在屋里咬牙切齿地大骂不止。殷龙的大儿子殷猛上前劝说父亲:"父亲就别生气了,既然事情已经发生了,依我看咱们现在最好先写封信,把事情经过跟施大人的官兵们说清楚,让他们知道抢劫官银的事并不是父亲您的主意,告诉他们咱们愿意送回官银。要是官兵能理解您的难处,我就去把官银给人家送回去;要是他们不肯听咱们解释,咱们也就只能在堡外做好防御,守住殷家堡等着官兵来打了。事情既然已经闹到这个地步,咱们家也不得不站出来跟众位村民讲清楚,那十六个首领和两千多户都要听咱家安排。还要特意强调,没有咱的吩咐,那些官银一丝一毫都不能动。"殷龙听了,心想现在也只能如此,于是把这话告诉了十六个首领和两千多户村民,众人这时正没了主意,一听堡主殷龙要站出来主持大局自然都很支持。

却说李昆作为先锋,带着五百轻骑兵风驰电掣般赶到了殷家堡附近,当天便在西山下安营扎寨。李昆正坐在军帐里琢磨攻城的办法,忽然见官兵们把一个人推进了帐中,禀告道:"小人抓住一个殷家堡的奸细,请大人处置。"只见那人辩解道:"大老爷在上,小人不是奸细!是我们堡主让我到您这来给您送信的,您看了信就知道了。"李昆从那人手中接过信看了,只见信上把殷家堡村民如何不顾堡主殷龙劝阻,一意孤行抢劫了官银,事后又如何后悔,希望送还官银能免去罪责这些事一一说了。李昆看了信之后,并不相信事情真像信中所说的那样，骂道："这堡主殷龙真是个狡猾的刁民！他作为一堡之主，抢官银这么大的事他会不知道？先是目无王法地闯下大祸，现在大兵压境才知道害怕，竟然写封信来推卸责任，哪像个正人君子！"李昆越骂越生气，当场就把信撕了，又叫官兵把送信的人赶了出去。那人跑回堡中，把李昆的话跟殷龙学了一遍，殷龙听了也无可奈何，只好传令各处要严加防守，等着官兵来攻城。

第二天李昆便带着五百官兵到了护城河边，高声喝道："殷家堡堡主殷龙快出来认罪！"不多时，李昆却看见从堡中出来一名二十来岁的少年，那少年说道："在下是殷龙的次子殷勇，请问将军尊姓大名？"李昆报上了姓名，却见那少年说道："怪不得呢，原来昨天的信送错了人。本来那信是要给黄天霸将军的，里面说明了抢劫官银不是我父亲的意思，而是众村民一时糊涂犯下的大错。本来将军要是能理解我父亲的难处，此时我们早就把官银送还了，但是您不但不听我父亲解释，还骂他是狡猾的刁民，家父实在没办法，所以今天才叫我来迎战。"李昆见这少年不但不认罪，反倒怪自己度量小，顿时火冒三丈，挥枪便朝殷勇刺来。殷勇也不示弱，横过手中的方天画戟轻轻一架便拨开了李昆的枪。这一架看似轻描淡写，李昆却被震得差点握不住长枪，心说："这小子好大的臂力！"赶紧抽回长枪，又朝殷勇的头上砸去。殷勇见李昆不肯认输，心说："刚才我明明让了他一枪，这人怎么如此不知好歹，非要逼我伤他不可！"于是对李昆说道："殷勇不是懦弱小人，只因为我们堡中村民犯错在先，我不好意思伤您，但我手中的方天画戟可不认识将军您,既然您苦苦相逼,就休怪晚辈无礼!"说罢将手中画戟一摆,只见一阵上下翻飞的银光从四面八方朝李昆涌来,李昆被缠得手忙脚乱,渐渐招架不住了。殷勇见自己已经取胜,虚晃了一戟之后便飞身赶回堡中去了。李昆一见自己单打独斗不能赢他,便命令众官兵强行攻城,哪知殷家堡早已经加固了防御,又在各处设好了机关,五百多官兵杀了半天也没能攻进堡里。李昆一见这情景,也只好鸣金收兵,等黄天霸等人赶到再一起商量对策。

当天晚上,天霸一行人便赶到了李昆扎寨的地方,一群人听李昆说了殷家堡的严密攻势和堡主的二儿子武功了得,心里都觉得要想取胜必须强攻殷家堡。商议了很久,终于决定由李昆、金大力率兵一千去打西山口做掩护,黄天霸、计全、何路通统帅大部队去攻打护城河,张桂兰、郝素玉带着贺人杰在两处之间负责接应,第二天一早众人便兵分三路往殷家堡进发。

天霸等刚到护城河边,就看见老二殷勇和老三殷强在堡外等着应战,两方人马通过姓名之后,便打在了一起。只见黄天霸手持银枪使得出神入化,跟殷勇的方天画戟斗了二十多个回合仍不分胜负,何路通在一旁手拿双拐和殷强的铜锤也打得上下翻飞,再说金大力和李昆在西山口也遇到了事先便在那守卫的老大殷猛,几人也是打得难舍难分。张桂兰、郝素玉带着贺人杰在不远处看见李昆和金大力以二斗一正要取胜的时候,却从堡中杀出一名女将,三人赶紧前来接应。这女将原来就是殷龙的小女儿殷赛花,只见赛花手持两把秀刀跟贺人杰打在一处，赛花虽然身形灵巧，但毕竟双刀不敌二锤，眼看着要被人杰打败，连忙转身逃回了殷家堡中。张桂兰和郝素玉见赛花生得俊俏，心中都暗暗喜欢。晚上天霸等三路人回到军帐中，说起白天跟殷家五虎打的那一仗，都觉得痛快无比。计全一见赶紧说道："今天咱们大胜一场，依我看正应该一鼓作气，今天夜里再去打他一回。这次咱们兵分四路，何路通自己为一路，趁着天黑偷偷潜过护城河去，一旦进到殷家堡内，便到处放火。堡里的人一看见失火了肯定乱作一团，到时候咱们再兵分三路趁乱攻进去，肯定能大获全胜！"

当天晚上河路通便带着兵刃，沿着护城河边一路往东边城墙的一处豁口走去，哪知刚潜入河中，就碰见一艘殷家堡的船在护城河中巡逻，何路通眼看着船上灯光要照到自己，只好动手掀翻了船，跟船上的水手斗了起来。何路通以一敌三，一时没顾过来，被一个水手逃脱了。何路通知道这回消息必定会泄露出去，潜进庄里放火肯定行不通了，于是赶紧去与天霸等人会合。众人赶到殷家堡的几个入口处，只见殷家五虎已经得到消息，都在堡外准备好应战，天霸一声令下，两方人马的第三次交锋便开始了。再说殷家五虎虽然有所准备，但五人白天所受的伤还没好，输了一仗之后气势也大不如前，当晚没打几个回合便都纷纷败下阵来。

老堡主殷龙本来就不想与朝廷为敌，眼见几个儿女受伤的受伤、战败的战败，心中只觉得这么下去不是办法，又想起白天女儿殷赛花回到堡中，说起那个将她打败的英俊少年时脸上不怒反笑，便有心以结亲的方式化解这份仇怨。殷龙想起自己的老友朱光祖为施仕伦立过功，现在也是施仕伦面前的红人，于是便写了封信给朱光祖，把劫官银的来龙去脉和自己的委屈说了一遍，又把自己想结亲的事告诉了朱光祖。朱光祖接到信一看，立刻跟施仕伦讲了殷龙的委屈，并把殷龙女儿殷赛花看上了贺人杰的事跟施仕伦说了。施仕伦听了觉得人杰和赛花二人正合适，抢官银的事罪也不全在殷龙，于是便派人传信给天霸等人，叫众人只管带回官银，就不要再为难殷家堡了。

　　天霸接到施仕伦的信后，把恩公的意思跟大伙说了。第二天殷龙便把天霸和人杰等请进堡中，两方豪杰都不计前嫌，当晚便在殷家堡中喝了个痛快。众人在殷家堡里给贺人杰和殷赛花张罗了亲事，休息了几天之后便把官银押送回京城去了。天霸想到这次三打殷家堡不但取回了官银，还给人杰找了门现成的亲事，心中十分感慨，哪知把这话和桂兰一说，她也是欣喜万分，两人都为人杰能找到殷赛花这样一个才貌双全的好娘子感到高兴。

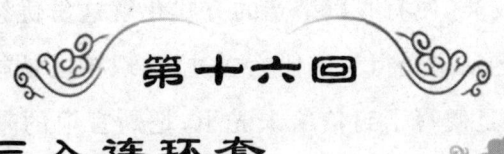

第十六回

三入连环套

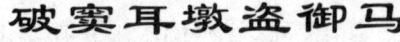

破窦耳墩盗御马

　　上回说到黄天霸等三打殷家堡，不但取回了官银，还促成了人杰和赛花的一段好姻缘，施仕伦本希望从此相安无事，谁知没过几天却忽然接到圣旨，施公打开看完后才知道遇到了大麻烦。原来当今皇上有一匹名叫"日月骕骦"的宝马，据说能日行千里，乃是世上罕有的无价之宝，哪知近来竟然莫名其妙地不知去向。经京城中的高手查明，这匹宝马是被一个不知名的大盗给偷走了，于是各路官员不分昼夜地明察暗访，但仍旧一无所获。正在大家一筹莫展的时候，有位大臣跟康熙提起施仕伦手下的黄天霸，康熙顿时想起当年黄天霸在宫中表演的金镖绝技，因此便下旨让施仕伦派黄天霸去找回御马，抓住盗马贼，限期半年。施仕伦看完圣旨，便把黄天霸、关小西、计全、何路通、李昆、李七侯、褚标、朱光祖、贺人杰、张桂兰、郝素玉和金大力等人叫到跟前，把皇上指名让黄天霸破御马被盗一案这件事跟众人说了。几个人听了，都暗想道："这可是件无头公案，一点线索都没有，想要破案真是太难了！"施仕伦见天霸没有搭话，便说道："本官也知道这件事不好办，虽然黄贤弟武艺高超，这几年来也立过不少功,因此皇上也十分器重你,但是,这御马被盗一案不是一般人能破得了的,就算黄贤弟有天大的本领,短短半年之内恐怕很难查清,不如我替你写封奏折给皇上,让他另派个能人去查,你只要在一旁协助就行了。这样的话,即使破不了案,你也不用负主要责任,你看怎么样?"施仕伦这番话表面是在替黄天霸脱罪,实际是利用黄天霸生性好强、不服输的弱点使出的激将法,他知道天霸向来爱争强好胜,别人做不到的事他偏要去做成,刀山火海也敢去闯,因此故意激他。

其实,黄天霸听了圣旨之后,知道御马被盗案很难破,私底下十分为难,但施仕伦这番话却激起了他的斗志,赶紧说道:"大人此言差矣。天霸跟在大人身边十多年,凡是大人吩咐的事,天霸每次都是赴汤蹈火在所不辞,虽然没立过什么大功,但却从未因失手连累过大人。这次国宝御马被人盗走,就算皇上不降旨,天霸也要尽力去捉住盗马贼,何况今天皇上看得起天霸,特意把这个任务交给了我,我要是婆婆妈妈地推辞,不但辜负了皇上和大人您,也是打了自己的脸!施大人请放心,黄某要是不能找回御马,抓住那个大胆的贼人,就提头来见您!"褚标是个见多识广的老江湖,见黄天霸中了施仕伦的激将法,轻易便夸下海口,赶紧在一旁插口说:"黄贤侄,你不要冲动嘛!施大人并非不想让你去,也不是怕你不能破案,说这些话只是提醒你不要鲁莽。我有句话,不知道该不该说,半年期限实在有点短,要是施大人能出面跟皇上商量 下,把期限改为一年,天霸岂不是更有把握,这样就既不违抗皇上的旨意,又能让天霸从容破案,可谓两全齐美。"众人听了都觉得有道理,施仕伦便写奏折把延期一事奏明皇上。康熙想,只要能找回御马,半年还是一年也没什么差别,于是便同意了。第二天一早,天霸便打点好行装,带了银两与众人告别后,便独自出城查案去了。

这天黄天霸来到离淮安城不远的一处小镇上,正巧走累了,便走进一间酒楼在一张桌子旁坐了下来。天霸点了些酒菜,这时忽然看到对面桌上坐着一个算命先生打扮的老头,直盯着自己的脸看,口中还念念有词,便走过去问他为什么盯着自己。只见那人笑着说:"我知道将军有心事,你要找的东西被一个不寻常的人给盗走了。"黄天霸见遇到神人了,赶紧问道:"那前辈能不能告诉我此人在哪?"老头说:"往西北走,有一处地方三面都是水,只有一面有路,由此路进去,其中曲折连环,道路复杂;要是从水路进,也是九曲十八弯,进出都很困难。你要找的东西就在那里,虽然完好无损,但是想要取回还要费一番周折。"天霸谢过老人便赶回了淮安府,一进府中就把在酒楼遇到高人指点一事告诉了众人。朱光祖在一旁听后说道:"听你这一说,我倒想起两年前有一个江湖朋友说过,马贼窦耳墩武艺高超,他所住的地方叫连环套,那里正是三面环水、曲折复杂,莫非就是他把皇上的御马给偷走了?"朱光祖话还没说完,黄天霸就起身要去找那窦耳墩所住的连环套。朱光祖见天霸又沉不住气了,赶紧拦住了他,好言劝道:"咱们还不知道这御马到底是不是被窦耳墩给偷去的,要真是他干的,还真不能由天霸出面要回御马。黄兄弟有所不知,你虽然跟窦耳墩无冤无仇,但是你的父亲黄三太却跟他有些过节,这次如果直接让你去跟他打交道,恐怕他不但不会轻易归还御马,反而还要难为咱们。"施仕伦见他的话十分有道理,便嘱咐天霸跟褚标、朱光祖一起前往连环套,让年长的褚标出面跟窦耳墩要回御马。三人领命后,便连夜朝连环套去了。

要说天霸遇见的那个高人只说连环套在西北方,可是具体在什么地方呢?这连环套所在地其实离淮安府很远,当年窦耳墩在华北一带做马贼,后来被黄天霸的父亲黄三太打败了,窦耳墩觉得没脸继续留在当地便逃到西北去了,哪知机缘巧合地找到了三面环水、易守难攻的连环套。窦耳墩见这连环套中山岭林立、树林茂密,方圆四十多里都是连片的山寨,便就留在了这里。此后几年中,窦耳墩在连环套中聚集了许多绿林江湖中的朋友,众人也都很拥护他,把他奉为寨主,平时下山到各处去偷盗抢劫,竟然从没被官府抓住,外面江湖上也很少有人知道窦耳墩在这连环套中过着悠哉悠哉的生活。

天霸一行三人走了好几日了,这天刚过了天津城不远就黑天了,三人只好找到一处客栈住了下来。三个人连着赶路,天霸和朱光祖年轻不觉得疲劳,但是褚标毕竟已经是个老头了,这几天下来身体早就吃不消了,当天晚上便高烧不退、上吐下泻,第二天一早已经是病得下不了床了。天霸见褚标病成这样心里很着急,一是担心老英雄没人照顾很难康复,二是不能把老人单独扔下,所以找御马的事又不知道要往后拖多久。正在天霸和朱光祖进退两难的时候,忽然看见关小西、计全、何路通和李昆四个人走进客栈。原来天霸三人走后，施仕伦越想越担心，又听到有消息说连环套所在的地方离淮安很远，于是赶快让小西等人起程，跟天霸他们一起去连环套，几个人追赶了好几天，这才在客栈中和天霸三人会合。众人见褚标已经病倒，便让李昆留下来照顾老人，剩下关小西、计全、何路通则跟黄天霸和朱光祖一起前往连环套。

五个人又走了几天终于到了连环套附近，住了店之后计全便问小二说："听说你们这地方有个连环套，景色十分优美，明天我们几个想去那游玩游玩，你能不能带我们去?"小二一听这话，先是拧着眉毛说："你这老爷可真奇怪，什么地方不能玩，却偏要到连环套去玩! 连环套哪是你们这些官老爷游玩散心的地方!"计全装作不明白的样子说："我们明明听说那里很好玩，怎么就不能去呢?"小二说："老爷你们准是被人给骗了，此地的连环套是个强盗窝，小人真不明白你们为什么非去那玩?"计全一脸恍然大悟的表情说："连环套什么时候变成强盗窝了，我怎么不知道? 那里都有些什么强盗啊?"小二答道："我也不知道那里的强盗头子叫什么名，但是听说那儿的强盗个个飞檐走壁、身怀绝技，而且这连环套三面环水，唯一的一条旱路也十分复杂。山下不但有人把守，进出的人要是没有他们寨中的令牌，就会被当作奸细抓起来杀死!"众人听了小二的话，心中都有些犯难，天霸暗想："这连环套虽然只是个强盗窝，但防范却如此严密，照这样看来恐怕只能智取，不能强攻。"几个人商量了一番后决定扮成镖师,又用马车装了几箱石头假扮金银财宝,第二天一行人故意押着"镖车"从连环套山下经过。正走着,突然见山上冲下来一帮强盗,其中有四个骑马的大汉,为首那人一张猪肝色的大脸上净是横肉,朝着天霸等人大声喝道:"你们几个听好了,痛快把买路钱留下就放你们走,不然就别怪本爷不客气!"天霸一见也迎上去说道:"你爷爷的刀不杀无名鬼,快报上名来!"那强盗答道:"俺就是连环套首领郝天龙!后面的三位是俺的弟兄:郝天虎、郝天彪、郝天豹。你又是谁?"天霸随便编了名字说:"我是镖师王雄,你这强盗接招吧!"说罢便挥刀朝郝天龙砍去。两人没打几个回合郝天龙便败下阵来,正想要逃走的时候却被天霸用刀背拍下了马,计全等人七手八脚把郝天龙捆了个结结实实,余下的强盗见首领被擒便纷纷往寨中逃命去了。天霸正要去追,却听见朱光祖小声在他耳边说道:"天霸别急,咱们已经捉住一个了,你能不能顺利潜入连环套可就全看这个郝天龙的了,咱们还是先把他带回客栈去吧。"跟着便把自己想好的计划跟天霸一一说了。

郝天龙被一个人关在客栈的房间里,不一会见天霸等人都来到了房间里。天霸一看见郝天龙被绑着,赶紧走过去亲自给他松了绑,还鞠躬朝他赔罪说:"王某刚刚一时糊涂冒犯了英雄,还请英雄恕罪!"这郝天龙是个大老粗,刚刚被绑的时候因为怕天霸等人把自己送到官府去,正慌张得不知道如何是好呢,见天霸忽然这么客气,连高兴都来不及,哪有工夫想其中的原因。看天霸朝自己施礼,郝天龙赶紧回礼道:"没事没事,俺们兄弟几个本来也是被连环套寨主窦耳墩抓住的俘虏,只因为老实跟着他才成了小头目,王英雄实在太客气了。"黄天霸赶紧说:"我还以为是谁呢？原来这连环套是窦老英雄的地盘！王某早就耳闻窦老英雄的美名,正想去拜访他老人家呢。既然这次我们正好路过贵宝地,明天真应该上山去拜会一下,只是不知道怎么上山？"郝飞龙说:"俺们这山上有四处关卡,分别由俺们四兄弟把守,进出都要出示寨中的令牌。不如俺先把俺自己的令牌借给你,这样你明天就可以来寨中找俺们窦大王了。"朱光祖等人见已经骗得了令牌,便把郝天龙放了回去。

第二天正好赶上各个头目到窦耳墩所在的大寨聚会的日子,窦耳墩问道:"最近山下有没有什么肥羊经过咱们这啊？"没等众人回话,就有一个喽啰来报告:"大王,山下有个姓王的,说是久仰大王英明,特意前来拜访的。咱们要不要让他进来？"窦耳墩一听是仰慕自己的人来了,便跟喽啰一起出门察看。

再说黄天霸从郝飞龙那骗到了令牌,一路上山便畅通无阻地来到了连环套山上,正在寨门外等得心急,忽然看见有一群人在寨门口迎接自己,走在前头的正是昨天的郝天龙四兄弟,后面还有个身高八尺的大汉,脸上一块黑一块紫的,两只眼睛深深地凹陷下去,鹰钩鼻子扫帚眉,下巴上长着一把棕红色的胡须,整个相貌穷凶极恶、非常狰狞。天霸心中暗想:"恐怕这人就是那盗御马的窦耳墩了！"赶忙对那人说道:"在下久仰窦老英雄大名,早就想来拜访您,但因为手中一时没有好的珍宝拿来孝敬您,所以就这么耽搁下来了。今天小弟一方面是来向窦老英雄请安,一方面是来献上宝马一匹。"

连环套中见窦耳墩

　　只听窦耳墩说道："俺从来都没见过你,怎么好意思收你的马呢?"天霸赶紧说:"您可能觉得小人买不起什么宝马,所以才推辞的,可是说起这匹宝马,那可真是稀世珍宝,要不是像您这样的大英雄还真是消受不起这样的好马呢!这马是那天王某在张家口集市上看见的,当时小弟一见这马身长一丈二,高有八尺,浑身上下一片雪白,没有一点杂毛,心里非常喜欢,但却实在拿不出一千两银子来买。于是当天夜里小弟便把那宝马偷了回来。王某知道寨主向来爱马,这样的宝马实在是世上无双,您就不要再推辞了。"窦耳墩听了天霸的话,哈哈大笑说:"你自己把这马宝贝得不行,把它说得这么绝,但在俺看来却一点都不稀罕。俺家寨中现在有一匹'日月骕骦'马,是传说中能日行千里的绝世好马,比你的这匹要宝贵一百倍都不止!"原来天霸这段假装献马的话是计全和朱光祖一起设下的圈套,没想到果真激得窦耳墩说了实话。天霸听了窦耳墩这话,心里这才有了底,终于确定皇上的御马就是被眼前的窦耳墩所盗,只是不知道御马现在是不是在这连环套中。于是天霸赶紧说道:"寨主所说的"日月骕骦"只是古书上记载的而已,小弟实在很难相信您真的有这匹宝马。"窦耳墩急了,喝道:"你既然不信,俺就把那宝马牵出来给你见识见识!"说罢便命人将御马牵了出来。窦耳墩见天霸盯着宝马看傻了眼,得意地说道:"你以为这样真正的好马能在普通集市上买来吗?这马是当今万岁的叔叔梁九公的,一直都在御马房养着,俺看着喜欢就把它偷了回来。"天霸问道:"寨主难道就不怕朝廷派人来找御马,治您的罪吗?"窦耳墩大笑道:"这正好是俺盗马的另一个用意,如果我盗御马的事被朝廷知道了,我就会把这宝马偷偷送到我的一个仇家去。到时候就算有官兵找到了我这连环套里,他在我寨里找不到御马,凭什么说是我偷的呢? 就算我没来得及把宝马送走,我就一口咬定这马是我那个仇家逼着我偷的,官兵又能把我怎么样?"天霸问道:"寨主费这么多周折栽赃那个仇家,不知他跟寨主有什么深仇大恨?"窦耳墩见天霸问到了那个仇家,便说出了黄三太的名字。

原来当初黄三太做镖师押镖的时候看不惯窦耳墩偷马的手段,于是便约窦耳墩打擂,在擂台上毫不留情地接连三次打败了窦耳墩,搞得窦耳墩在江湖上丢足了面子。这么多年来窦耳墩一想起自己因为被黄三太毁了名声,只能躲藏在连环套中,却不敢在江湖上行走,就对黄三太恨之入骨。窦耳墩久不出江湖,并不知道黄三太已经死去多年了,因此才特意偷走了御马想要栽赃黄三太一家,一解心头之恨。

天霸见窦耳墩句句把父亲黄三太说成是一个无耻小人,早就憋了一肚子的火,说道:"你既然不知道黄三太已经死了,必然不知道他还有个儿子叫黄天霸,现在正是漕运总督施仕伦的手下爱将,要是朝廷派他来抓你,你还真是插翅难飞了!"窦耳墩见天霸的话说得不顺耳,便不耐烦地说:"原来那老头已经死了,那倒是便宜了他。你也别说他那个儿子怎么厉害,俺从没听说过什么黄天霸,他也不过是个无名小卒而已,俺怕他作甚?"天霸此时再也不能忍了,朝着窦耳墩大声喝道:"窦耳墩!你给我听好了,在你面前的就是漕运副将黄天霸!"窦耳墩一听这话,顿时吓了一跳,只说:"黄天霸你这小辈不要太猖狂了,俺佩服你今天敢独闯连环套,就跟你约好明天再到这来比武,要是你能赢了我的双钩,再从俺这偷回御马,俺就从此以后金盆洗手,再也不干打家劫舍的买卖了。要是你徒有虚名,既打不赢俺的双钩,又偷不回御马,那俺就要到江湖上去讲:你黄天霸不过是个没用的小娃娃!"天霸被窦耳墩一激,想都没想就答应了下来。

且说黄天霸下山回到客栈之后,把约定跟窦耳墩比武的事和众人说了,朱光祖听完便责怪天霸糊涂:"我倒是不愁偷不回御马,只是怕天霸赢不了窦耳墩的双钩啊!"众人都不信窦耳墩的双钩有多厉害,要是双钩真那么了不得,当年怎么会被黄三太连着打败了三回?朱光祖说道:"窦耳墩的双钩名叫'虎头倒刺软索钩',他能把这对虎头钩使得百步穿杨,而且他的双钩用毒水煮过,人要是不被钩破皮肉还好,一旦被钩住了皮肉,正所谓见血封喉——七日之内,受伤的人就会浑身发肿中毒身亡。当年黄三太老英雄在跟窦耳墩比试之前,两人约好不许带兵器,黄老英雄赤手空拳才将他打败了。天霸既然是窦耳墩仇人的儿子,那这次他必然不会钩下留情,天霸一定要万分小心!打得过便打,打不赢就回来,咱们可以再商量别的对策,万万不能拿生命来开玩笑啊!"天霸虽然生性好强、不愿服输,但听了朱光祖这番话知道他是片好心,也就只好满口答应了。

第二天一早,天霸便骑马上山去和窦耳墩比武了。一方面窦耳墩有心用双钩取天霸性命,另一方面天霸顾忌双钩有剧毒,只见比武的时候窦耳墩将一对毒钩耍得上下翻飞、飘飘洒洒,天霸则是缩手缩脚,哪敢靠近窦耳墩身边?两人就这样有惊无险地打了十几个回合,窦耳墩故意露出一个破绽引天霸来攻,天霸一见有机会取胜立刻把单刀往前一送,要砍窦耳墩的左肩。窦耳墩见天霸上当,赶紧用右手的虎头钩朝天霸左胯勾去,天霸见此时撤回单刀来挡已经太迟,便猛跳起三尺多高,窦耳墩的虎头钩便勾在了天霸的靴帮上,幸好并没钩到皮肉。窦耳墩见一招不成,连忙又把左手的虎头钩朝天霸勾来,天霸只好用单刀去挡,哪知那虎头钩上有许多密密麻麻的小倒刺,窦耳墩一使劲便钩得天霸单刀脱了手。黄天霸此时手无寸铁,不敢恋战,转身便上马逃回了客栈。

众人见天霸空着手回来,靴子也被钩破了,知道准是被窦耳墩的双钩给打败了,好在天霸并没受伤,把比试的经过跟大伙讲了一遍。这朱光祖外号叫赛时迁,当年也是他替天霸偷了解药,救了他一命,此时见天霸胜不了窦耳墩,便提议道:"这窦耳墩就仗着那对毒钩的厉害,要是我先去把他那对毒钩给偷出来,然后天霸再去跟他比试,哪有不赢的道理!"天霸听了大喜,小西等人也觉得只有这个方法了,于是朱光祖便连夜收拾好行装,带上自己惯用的迷香,直往连环套去了。且不说朱光祖如何使出他那一身赛时迁的功夫,迷翻了看守双钩的小头目吴用人,盗走了窦耳墩的双钩。只说窦耳墩发现双钩被盗,以为是黄天霸神通广大,神不知鬼不觉地潜入寨中盗走了自己的虎头钩，正不知如何是好，郝天龙的弟弟郝天虎提议道："这黄天霸虽然没有三头六臂，但在座的却都不是他的对手，之前还有毒钩能镇住他，这回连钩都被人家拿走了，咱们打不过他就只能跟他讲和了。既然要跟黄天霸讲和，就必须要把御马还给他，可要是咱们主动服软，把御马给人家送回去就太丢面子了，我看不如再跟他约定，以三天为限，要是三天之内他能把御马再拿回去，这事就算了；如果三天之内他不能从咱们连环套中把御马偷走，不但得把双钩给寨主送回来，而且不能再朝咱们要御马。这样办的话，咱们面子上就过得去了。"窦耳墩骂道："你这是屁话！俺的钩人家都偷去了，这马他怎么可能偷不回去！"郝飞虎接道："寨主难道忘了咱们已经把御马藏在连环套的石屋里了！御马藏在那，黄天霸一定找不到。寨主尽管放心，即使他黄天霸找到了石屋，那里的机关那么多，随便哪一个都能要他的小命。咱们再把上山的路上多埋些地雷火药，也许他没等上山就被地雷炸死了，咱们也算报了仇！"

再说那个负责看守双钩的小头目吴用人，等迷药散了醒过来时，发现窦耳墩的双钩已经被盗，知道这下寨主肯定不会轻饶了自己，思来想去，最后决定逃到山下去找黄天霸等人投降，靠着自己熟悉连环套中的地形戴罪立功，总好过留在山上等死。主意已定，吴用人便下山寻找黄天霸等人去了。

这时黄天霸等人正在客栈中庆贺朱光祖顺利盗回双钩，忽然见小二带进来一个人，朱光祖认出此人就是自己用迷药迷晕了的那个看守，只见那人说道："小人名叫吴用人，本来是连环套的小头目，现在有机密要告诉各位老爷，只希望能戴罪立功，将来好放小人一条生路。"天霸听了只叫他有什么机密赶紧说，吴用人点了点头说道："当初窦耳墩把御马养在自己房里，后来黄老爷去过之后，他就把御马藏到石屋中去了。那石屋非同寻常，内外机关密布，不清楚的人贸然闯进去一定会丧命，所以小人特意来把石屋的机关禀告黄老爷。那石屋的门是块石板，石板上安着一副铁环，只用手把那铁环先向外推，再往里一拉，石门就打开了。门后有一条小路可以进去，但是必须把那铁环再往中间按一下，这样藏在里面的一对连环钩才能钩住石板，不然你踏上小路石板就会掉下来，任你有再高超的武艺也会在瞬间被压成一团肉泥。顺着小路下去便都是连环路了，外面的人都管我们山寨叫连环套，其实这石屋里才是真正的连环套！黄老爷进去时一定要记住，每走八十步就要转个弯，一步也不能多、一步也不能少，这样走到最里面就能看见一个六角门，门里就是藏御马的地方了。这个六角门看着很普通，像是一推就开的样子，但其实推不得！你要是真去推它，不但推不开门，还会从上面掉下两个八十斤重的大钢锤，立刻把你打得脑浆迸裂。这个六角门上有个铁环，只要轻轻拉一下，上面的两个钢锤就分开到两边去了，门也自然打开了。寨中为了防范黄老爷去盗御马，还在山路上埋了很多地雷火药，要想上山就必须从水路走了。"众人听了吴用人的话，顿时都替天霸捏了一把汗，心想要是不知道这些机关，真是有几条命都不够死的。

黄天霸当晚跟朱光祖等人商量好了分工：何路通负责潜水把众人一一驮到连环套山脚下，黄天霸和朱光祖熟悉地形，所以由他们二人进入石屋里取回御马，计全和关小西则负责在外接应。

五人计划周全，天霸和光祖由吴用人引路到了石屋，又按照要领躲过了一路的机关，顺利找回了御马。几个人见御马已经到手，顿时施展拳脚，把连环套闹了个天翻地覆，朱光祖和黄天霸在窦耳墩房中把他堵了个正着，窦耳墩一见二人转身便跃上了房檐，却被紧跟其后的黄天霸一刀砍在他右手上，紧跟着朱光祖一刀又砍到了他的腿上，窦耳墩一头便栽倒在地。天霸和光祖用绳子把窦耳墩捆好了，牵了御马，便和关小西、计全、何路通一同押送着窦耳墩往京城去复命了。

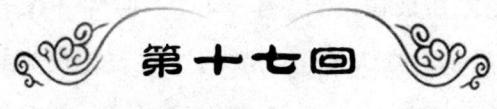

第十七回

夜光杯被盗
叔侄夜探齐星楼

　　上回说到黄天霸等人擒住了窦耳墩，找回了御马，几天之后便赶回了京城向康熙复命。施仕伦也回到了京城，主仆一行人登朝见驾，康熙见黄天霸不但这么快就找回了御马，还抓住了盗马贼，顿时龙心大悦，当即对施仕伦等人一一论功行赏。天霸等人从宫中出来之后，施仕伦便带着他们在施家在京城中的大宅子里住下了，众人本以为这回可以好好歇息一阵。这天正好赶上元宵佳节，京城内外大放焰火，京城内外的百姓个个喜笑颜开地庆祝佳节，宫中自然也是大摆宴席，嫔妃都打扮得花枝招展，跟王公大臣们一起陪着康熙爷共度元宵佳节。且不说宴席上的山珍海味有多珍贵，就连盛汤盛菜的碟碗和盛酒的酒杯，都是价值连城的稀世珍宝，平常不用的时候就在宫中收藏。元宵节这天康熙兴致很高，所以宴席结束得非常晚，当班的太监当天晚上就没来得及把这些碟碗收拾起来，等到第二天点数的时候才发现，康熙最钟爱的一对琥珀夜光杯竟然不知去向。大内总管一听说这对琥珀夜光杯不见了，派人到处寻找却没有找到，只好硬着头皮把夜光杯失窃的事禀告了皇上，等着皇上降罪。康熙听说自己的心爱之物被偷，虽然有些心疼，但却并没有十分怪罪大内总管，只是对众人说道："朕的这对琥珀夜光杯本来也算不上什么十分珍贵的宝物，丢了也就算了。但是宫廷之内竟然有如此不顾王法的贼人偷到寡人头上来了，要是不把他揪出来正法，岂不是有损大清的威严？你们这些文武官员从现在开始调查此案，限你们三个月内追回夜光杯、抓住盗贼，要是三个月过了还破不了案，就等着告老还乡吧！"这时施仕伦站出来说道："启禀皇上，微臣以为皇上所丢的宝物并不是宫中之人监守自盗，还请圣上把昨天当班的太监叫来问问，昨天晚上他到底把琥珀夜光杯放在什么地方了。"康熙连忙派人把当班太监叫来问话，一问才知道夜光杯昨晚并没有收起来保管，第二天早上再看就不见了。施仕伦听完便认定夜光杯是被江洋大盗给偷去了，可是找遍了皇宫也没发现有人闯入的痕迹，施仕伦心中着急，于是便回到施家大宅中，把这件事跟黄天霸等人说了一遍。黄天霸听了觉得事情蹊跷，第二天便跟着施仕伦一起来到宫中仔细勘察，到了夜光杯丢失的那间房中一看，只见天花板上的几排砖瓦跟别处不同，明明是最近被掀开过之后又重新摆好的。天霸便把那排砖瓦指给施仕伦看，说道："这里的砖瓦不对劲，恐怕是有人从屋顶倒吊下来，偷走了夜光杯之后又重新摆好的。"施仕伦一看果真如此，赶紧把黄天霸的这个发现禀告了皇上。康熙见施仕伦等人正好也该启程去赴任了，便提升黄天霸为江南提督，余下的包括张桂兰、贺人杰等人也都封了官位，命众人一路沿途查访盗杯贼的踪迹，等破了这件大案再另行封赏。黄天霸等一行人当天便收拾行装,跟施仕伦一起离开京城去寻访夜光杯的下落去了。

只说天霸等人一路上都愁眉不展,各自暗暗细心察访,虽然大家嘴里都没明说,但却都知道这次如果不能在期限之内找回夜光杯,谁都别想脱罪。可是任凭众人心急得好像热锅上的蚂蚁,这夜光杯却仍旧是不知去向。这天众人正好走到山东沂州府地界,施仕伦早就听说山东有座琅琊山,当时又正好是春暖花开的好时候。施仕伦心想既然都已经到了此处,众人近来又都因为御杯一案倍受压力,不如借此机会就到琅琊山上游玩一番,放松一下,于是把这想法跟天霸说了。哪知天霸正好也想到琅琊山附近去探听夜光杯的消息,于是众人第二天便到琅琊山附近的一处客栈住下了。

且说天霸和小西等人和施仕伦分了手,一路明察暗访来到了琅琊山下的沂州镇,几人看时间已经是中午了,便进到街边的一个酒馆中吃饭。哪知几个人在酒馆正中的一张大桌上空坐了好半天,伙计们却自己忙自己的,对天霸几个人不理不睬。黄天霸实在压不住怒气了,用力一拍桌子,喝道:"咱们吃饭又不是不给钱,怎么就没人来招呼?我看你们这些做伙计的个个狗眼看人低,以为大爷吃饭不给钱吗?"天霸这一声大喝把周围的几桌客人吓得直哆嗦,酒馆的小老板见天霸等人都是武行打扮,便赔着笑上前解释道:"老爷息怒,您是外地来的所以不知道我们这的规矩。小人们不是不愿招呼您,更不是怕您不给饭钱,而是您坐的地方不对。"天霸怒道:"你这酒馆既然开张营业,有生意你就做,怎么还管客人坐什么地方!"小老板无奈,只好苦笑着说道:"大爷有所不知,您几个坐在我酒馆的任何地方,我们不来服侍您那是我们的错,但您要是坐这个正中间的大桌,那您几个就算是天王老子,我们小店也不敢做你们的生意了。只是离镇子三十里外的琅琊山上有个王朗王寨主,这个王寨主偏爱咱们小店的美酒,所以就把大爷您坐的这个大桌包了下来,每天无论他来不来喝酒都付给小店十两银子,不让任何客人坐在这张大桌上,还命小人不许招呼占了这张大桌的客人。小人不是想得罪几位大爷,只是这个王朗寨主武功了得,又有一大群手下,实在不是小店惹得起的人物。"天霸听了这话便硬压下心中怒气,暗想正好可以从这老板处探听点消息,于是掏出点碎银子给了小老板,柔声说:"真是不好意思,我们几个远道来的不知道其中缘故,实在是得罪了! 只是你刚刚说的琅琊山王朗寨主是我老朋友,我们这次来山东就是找他叙旧来了,还请店家告诉咱们往琅琊山怎么走?"小老板见天霸等人是王寨主的朋友,赶紧细细给他们指了路。天霸等人告辞了老板正要离开酒馆,忽然看见靠窗那桌有两个汉子,一个说:"大哥,你吃完了咱们就快走吧!"另一个说:"是他琅琊山上有客人从京城回来,又不是咱家有客人,你急什么!"那个接道:"咱们曹当家说那客人给王寨主带回个宫中的宝贝,咱们兄弟早点过去,说不定也能看看那宝物呢?"天霸听了这话,就好像阴雨天里看见了一丝阳光般,心想这真是"踏破铁鞋无觅处,得来全不费功夫",看来夜光杯一案跟琅琊山的王朗是脱不了干系了! 于是天霸便赶紧跟小西、计全等人赶回客栈中,跟施仕伦说了此事。

原来当年施仕伦曾经率领黄天霸等人,将一伙窝藏在关帝庙中的土匪一网打尽。为这伙土匪在关帝庙中提供住处的恶僧名叫智明,他与这群土匪结拜了兄弟,那天从集市上卖菜回来,却发现众位弟兄已经全被施仕伦抓去了,他就逃亡到山东,投奔老友曹勇去了。曹勇所在的山头正是琅琊山附近的朝僻山,与琅琊山王朗关系也很不错。曹勇见智明和尚对施仕伦恨之入骨,有心替朋友报仇,听说王朗的朋友飞云子武艺了得,此时又正好在琅琊山做客,便往王朗的山寨去求飞云子替智明和尚报仇。当时曹勇到琅琊山看见了王朗,赶紧把自己的来意说了,又献出了让飞云子盗夜光杯,栽赃施仕伦的毒计。王朗一听顿时大笑道:"你这主意好!这个施不全危害江湖也不是一天两天了,我好多江湖兄弟被他所害,王某早就想收拾他了!只是飞云子他性格太直,不知变通,让他去害朝廷命官,他必然不答应!"曹勇见飞云子不肯,故意高声对飞云子说道:"大哥你总说:人生在世,总得做出点惊天动地的大事才好!现在终于有留名千古的大事让你去一显身手,我们都以为你会欣然接受,哪知道你竟然惧怕施不全那个狗官!要是你觉得自己身手不行,因为怕死才不敢去皇宫盗出夜光杯,那我们做弟兄的就不勉强你了!"这一番话说完,把飞云子气得冷笑着说:"你这话说得太好笑了!我飞云子虽然不能说是天下无敌,但也总算是有点能耐,哪有什么不敢去的道理?只因为去偷那皇帝老子的宝贝可不是件小事,只怕我给你们偷来了宝物,反而变成阎王爷给你们的催命符。但是听了你们刚才的话,恐怕这次我要是不肯帮忙,你们反要笑飞云子不是好汉!只是我把夜光杯交到你们手中之后,就要立刻远走高飞,到时候惹出麻烦,不要怪到我头上!"王朗和曹勇赶紧答应了。这才引出了康熙御杯被盗,限施仕伦等人三月之内破案的事。

　　这飞云子偷到了夜光杯之后没有立刻离京,没过几天就听到街头巷尾都在传,说宫里丢了宝贝,皇上要施仕伦去捉住盗贼。飞云子为人正直,知道施仕伦是个清廉正直的官员,见自己盗御杯连累得他官位不保,心中虽然内疚,但因为答应王朗在先,只好一路跟在施仕伦后面回到了琅琊山。此时王朗正在山寨中设宴吃喝,只见一个喽啰兵来报告:"云老爷已经到了山上!"王朗一听,酒也不喝了,一路小跑来到山寨门口,一见飞云子便问:"大事办成了吗?前几天曹勇那个沉不住气的东西还来问我呢,宝贝到手了吗?"飞云子说道:"废话,凭你兄弟的本领,哪有拿不到的东西?那天我藏在宫中,到了晚上跟着小太监找到了存放宝物的屋子,哪知道那皇宫宝物实在太多,各种珍贵酒杯更是数不过来。我倒吊在天花板上根本看不出哪个才是琥珀夜光杯。好在我想出个好办法,把那屋子里的灯吹灭之后再一看,果然只有那琥珀夜光杯还亮着,这才把宝贝拿到手!"王朗听了顿时乐得合不拢嘴。飞云子把夜光杯交给王朗之后,担心自己如果久留琅琊山,王朗等人万一惹上施仕伦,必然会把自己拖入其中。然而飞云子自己又实在不想与施仕伦为敌,只好趁着王朗全部心思都在夜光杯上的时候,偷偷打点行装离开了琅琊山。

再说王朗听说施仕伦也到了山东,本来想把飞云子留在山上帮自己,哪知道他竟然不辞而别,正愁没有帮手的时候,却想起了飞云子替自己建造的齐星楼。这齐星楼究竟有什么能耐呢?原来飞云子本名云鹤,一家五兄弟全是道家传人,家中有一张祖传的塔楼图纸,按照这张图纸建造出来的塔楼里布满机关暗道,这些机关暗道全都是由道家的太极八卦阵幻化而成,无人能破。王朗知道飞云子这张祖传楼图之后,便叫飞云子给他照楼图在琅琊山寨中建造了一个五层高的塔楼,取名齐星楼。王朗此时见飞云子已走,便亲自把夜光杯藏入齐星楼的顶层,这才放心地派了人给曹勇送信去了,哪知人多口杂,被前来打探风声的黄天霸听出了破绽。

再说施仕伦听天霸说了琅琊山王朗的恶形恶状,知道皇上的琥珀夜光杯八成就在王朗手中了。施仕伦本来想让天霸等人立刻强攻琅琊山,破了王朗的山寨,抓住盗贼、夺回御杯,可是当地官员一听说漕运总督要派江南提督去琅琊山冒险,赶紧把王朗托飞云子建造齐星楼的事跟施仕伦讲了,还劝阻天霸说:"黄提督不要心急,这齐星楼决不是一天两天就能攻破的,听说建造齐星楼的那个飞云子如果没有楼图在手,都很难一一攻破这楼里的机关,咱们切不可鲁莽啊!"朱光祖听了这话,赶紧对施仕伦说:"大人,这个飞云子小人的确是认识的,只是他为人正直,做出这种大逆不道的事情来一定是被王朗蒙骗了。再说飞云子一直都是潇洒云游各方,如果齐星楼非得他本人才能破的话,咱们是不是应该把这飞云子请来,让他戴罪立功,帮咱们攻破楼里的机关,夺回御杯。"施仕伦见朱光祖认识飞云子，顿时非常欣喜，赶紧叫光祖立刻动身去找飞云子。

　　众人看这棘手的案子终于有了转机，心情便都放松了下来，只等着朱光祖把飞云子请回来后，再一同上琅琊山痛快地大战一场便成了。哪知唯有黄天霸和贺人杰叔侄俩暗暗不服，天霸对人杰说道："这飞云子难道是个神仙吗？怎么他造的楼除了他自己就没人能攻破了？要照那个胆小的地方官说的，咱们手上没有楼图，难道这件案子就永远都破不了啦？我就不信王朗那个土匪凭着一个破塔楼就能拦住咱爷俩！今天夜里咱俩就去偷偷地探一探那齐星楼，要是能把夜光杯取回来，咱叔侄俩可就立了头功了！"两人主意已定，当天夜里便都换上了夜行衣，各自把单刀别在腰间，趁着夜色出了住地来到了琅琊山下。只见琅琊山地势非常险要，悬崖峭壁上孤零零地长着几棵松树，半山腰的地方隐约看见一个塔楼。天霸和人杰继续往琅琊山深处走了一会，面前出现了一段九曲三弯的山路。天霸借着月光仔细看了看那条山路，顿时惊得一头冷汗，只见那小路依山势而建，最宽的地方也不够两个人并肩通过，山路右面是山崖，左面就是万丈深渊，天霸赶紧嘱咐人杰小心，两人走了半天才通过了这条险路，来到了王朗山寨所在的地方。叔侄俩进了山寨，在众多屋舍之间找了半天，一直走到山寨的最里面才看见一座高楼。只见这座高楼共有五层，头一层外面围着一圈栏杆，每个栏杆前面都有一朵花，栏杆里面的走廊虽然做工精细，但却弯弯曲曲宽窄不一，每隔五六步的距离便有一盏灯放在一个小石墩子上。走廊再往里就是塔楼的正屋，可每间屋子屋门的尺寸也都不一样，大大小小竟有二十多扇门，门里还隐隐透着灯光，天霸猜那屋里肯定是有人把守。塔楼的第二层是个六角样式的平台，六面有六个月亮门，每个月亮门里还有一层套门，套门上面刻着一些狰狞的虎头图案，周围有十二个滴水的飞檐支在套门外面，每个飞檐的瓦片上都挂着两个铜铃铛。天霸想再往上看看，可光是塔楼的头两层就有一丈多高了，第三层究竟什么模样竟然无论如何都看不到了。天霸便想窜到旁边的树上再仔细看看塔楼剩下的几层，想在四层处找个落脚的地方，好能到最顶层去夺回御杯。天霸不动还好，这一下蹿得太高了，一下就被日夜看守在齐星楼上的守卫发现了，立刻朝天霸射出一支火箭。天霸一见自己被发现，知道事情不妙，赶紧用脚尖点了一下树枝，使出一招游鱼送水，转身落到了地下躲开了火箭。哪知道虽然躲开了火箭，却落到了塔楼第一层的栏杆旁，只见那一圈栏杆突然纷纷倒下，所有的花朵都变成了花形的铁镖，从四面八方直朝着天霸和人杰两人射来。

此时客栈中的施仕伦和众英雄却并不知道，天霸和人杰叔侄俩竟在琅琊山危在旦夕。

天霸、人杰夜探齐星楼

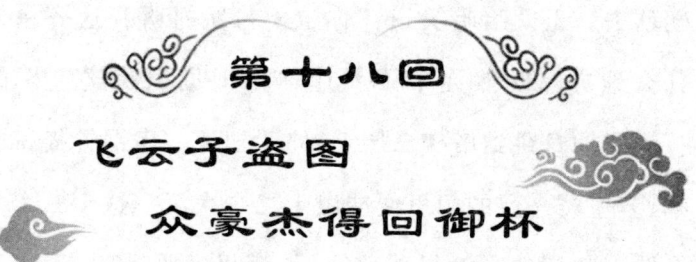

第十八回

飞云子盗图
众豪杰得回御杯

　　上回说到黄天霸、贺人杰叔侄俩夜探齐星楼，哪知却中了王朗的埋伏，再加上齐星楼的机关复杂多变，两人顿时身陷险地。天霸和人杰见那栏杆下的花朵都变成了铁镖朝自己打来，只好使出浑身的能耐，全神贯注地对付火箭和铁镖。天霸正挥舞着手中单刀把飞来的暗器一个个击落，却忽然听见齐星楼上方有人喊道："哪来的鼠辈，竟敢偷闯琅琊山寨中的禁地？"话音刚落，便见无数的火球一起点燃，把齐星楼周围照耀得如同白昼一样。天霸一见这情境，顿时震惊得目瞪口呆，人杰也是将手中的单刀攥得紧紧的，仰头紧盯着齐星楼上方，只等着黄天霸一声令下好拼命杀出重围去。哪知等了半天却是只闻其声、不见其人，叔侄俩正惊疑不定的时候，却听身后一人喊道："黄天霸你这小人！你进来容易，想要走出我山寨的大门却得把你的狗头留下！"天霸转身一看，只见那镇山太岁王朗手提连环枪，正朝着自己刺来。天霸忙赶上一步，举起单刀架起王朗的连环枪，紧接着手腕一抖挥刀朝王朗砍去。王朗哈哈笑道："你也不打听打听我这齐星楼是个什么地方！既然你来了就让你见识见识我这宝楼的厉害！"说罢抽身跳到塔楼二层上，伸手把那一串铜铃摇得叮当乱响，齐星楼一层的门里便冲出十二个大汉。这十二个大汉个个脸上都用油彩涂得花花绿绿，嘴里咿呀乱叫，手中还挥舞着锤棍斧叉，借着月光一看，竟都像是从地府里跑出来的恶鬼一样。人杰见对方人数太多怕叔父吃亏，赶紧举锤来帮天霸。王朗站在高处，见自己一时不能取胜便又触发一处机关，只见天霸身后的滴水檐廊忽然朝叔侄两人压下来，旁边的月亮门突然转了半圈，从里面飞出许多缠满倒钩刺的铁索朝二人打来。天霸一面躲避暗器一面暗想："这齐星楼里的机关暗器如此层出不穷，我和人杰此刻能安全脱身已经万幸，绝不能再恋战了！"于是天霸伸手拉起人杰，两人一起钻入树林，借着夜色的掩护逃下了琅琊山。

到了第二天一早，关小西等人听说两人夜探齐星楼，忙问天霸："那齐星楼真像传说那么易守难攻吗？"天霸只好说："我虽然不是个没用的废人，自从闯荡江湖以来，各式各样的能人豪杰、英雄好汉也遇见过不少，昨天夜里竟然在齐星楼碰了钉子！难道是我黄天霸命中注定不能亲手抓住那个王朗吗？真是气死我了！"说完便沉着脸把昨天晚上的经过跟众人说了。几个人听完天霸讲的都十分震惊，这时人杰忽然说："那个飞云子不会是个神仙吧？要不那栏杆下的花朵怎么会突然变成飞镖呢？还有那些小门里跑出来的大汉，个个都像厉鬼一样，楼上的月亮门也是说转就转，里面还能飞出铁索，实在太神了！齐星楼既然是飞云子造的，他要不是神仙，楼里的机关怎么会都像施了法术一样？小侄觉得这个齐星楼咱们肯定是破不了啦！"计全听了说道："人杰不用慌，这齐星楼的机关是飞云子的一套功夫。奇门遁甲、太极八卦的这些东西就是这样，看起来很复杂，一旦知道了其中的道理，就很容易攻破了。所以咱们不要轻举妄动，还是等光祖把飞云子请来之后再想办法吧！"

再说朱光祖起程之后，来到了一处名叫万家洼的地方。光祖到万家洼是要见一个名叫万君召的人，这个万君召是一位淡泊名利的江湖高人，以前曾经受过施仕伦的大恩，而且他还跟飞云子云鹤是交情很深的老朋友。朱光祖知道飞云子行踪不定，这世上如果只有一人能找到他的踪迹，那就非万君召莫属了，于是便跟万君召说明了自己的来意，又把皇上限施仕伦三个月破案的事跟万君召讲了。万君召见光祖是替施恩公前来求自己，二话不说便把找飞云子这件事答应了下来。

万君召知道时间紧迫，当日便告辞了朱光祖，一路快马加鞭，几天便赶到了飞云子的住处。门口把守的小仆人一看是万君召来了，都上前请安问好，万君召忙问："你们家三爷在吗？"一个小仆人答道："我们也是才上山，不知道三爷在不在里面,我这就进去给您看看吧!"万君召一听这话,知道肯定是飞云子不愿见客,特意吩咐好了的,于是赶紧说道:"反正我也想到他这借住几天,自己进去看看就是了。"说罢便径自走了进去。刚到前厅,就听有人在后堂说:"你跟看门的说,就说我前几天出门去了,一年半载回不来,别让来找我的人知道我在家里。"万君召一听就知道是飞云子的声音,高声笑着说道:"云鹤你架子也忒大了!我不辞万里来找你,你连见我一面都不肯吗?原来你飞云子跟万君召的交情也不过如此啊!"飞云子在后堂一听,知道是万君召来看自己了,哪知道自己推脱的话竟然被他听到,真是又喜又愧,赶紧红着脸出来迎接万君召。万君召一见飞云子理亏,赶紧趁机把自己的来意说了,哪知飞云子却说:"小弟已经决定要归隐山中,从此安享平静的生活。我看大哥你也不要再管世上的烦心事,咱们兄弟二人就在我这仙境度过余生吧!"万君召哪肯,说道:"贤弟说这话就不对了!自己做出来的事怎么能不管?自己捅出的娄子哪能让别人收拾?你帮琅琊山那个混球王朗做下了坏事,给施大人惹了多大的麻烦啊!他老人家以德报怨,不但对你既往不咎,还给你戴罪立功的机会。你飞云子只要回去帮施大人把齐星楼的机关破了,不但能弥补以前的过失,日后还能在江湖上留下英名。"飞云子被万君召说得哑口无言,想了半天只好说:"小弟也是一时糊涂,被王朗他们用花言巧语给说得昏了头,只想到了江湖义气却忘了大义。只是偷了御杯之后,后悔也来不及了。"万君召一听飞云子已经动心,赶紧说:"你就看在我的面子上,带着楼图跟我走一趟吧! 到时候得回了夜光杯、抓住王朗,不但施大人要感激你,就连当今皇上也得乐得合不拢嘴啊!"飞云子听到这里,只觉得于情于理自己都不能再推辞了,便说:"那我就跟你走一趟吧,只是请大哥在施公面前替我求个情,让他老人家不要把我偷御杯这件事告诉皇上。"万君召当场拍着胸脯保证了半天,飞云子也很高兴,叫人准备了酒菜,两人大吃了一顿,只等着第二天带着楼图便可以启程回去向施仕伦复命了。可万君召和飞云子都没想到,第二天一早二人去取楼图时,却发现存放图纸的匣子已经空了。飞云子问了负责看守楼图的小童才知道,原来楼图是被二哥云虎给拿走了。

这个云虎为什么要拿走楼图呢? 原来昨天万君召劝飞云子帮施仕伦破齐星楼的时候,飞云子的哥哥云虎正好回来了。云虎一直听江湖上传闻说施仕伦是个残害绿林好汉的恶官,所以非常讨厌施仕伦。哪知云虎路过前厅的时候,却听见三弟说要去帮施仕伦,顿时气得火冒三丈。云虎当时本想冲进去大闹一场,可后来仔细听了万君召的话,又觉得这个施仕伦好像并不像江湖传闻那么可恶。云虎思来想去,不知是让飞云子去好,还是不让他去好。让飞云子去帮施仕伦,如果那施仕伦是个恶官,岂不是助纣为虐? 可万一姓施的确实是清官,不去帮他岂不是残害忠良? 云虎正发愁,突然心生一计，便偷偷带走了齐星楼的图纸。他想亲自去江浙山东一带寻访一番，从百姓口中探探施仕伦究竟是好官还是狗官，要是施仕伦清廉正直，值得自己相助，自己再把楼图给他送去就行了！

可是飞云子哪知道云虎这些心思，还以为二哥是因为怀恨施仕伦，所以偷走楼图让自己不能去给他帮忙。万君召见楼图被云虎拿走，还以为是飞云子反悔了，所以暗中让二哥云虎把楼图偷走，顿时沉下了脸。飞云子知道万君召误会自己了，赶紧解释说："万大哥，咱们从小一起长大，你一定要相信我，二哥把图拿走绝不是我指使的！好在齐星楼楼图一式两份，我的这张虽然被二哥拿走了，王朗那里还有一张。我看咱们俩应该赶紧启程，等到了琅琊山咱们兵分两路，我到王朗那里把图纸偷来，你回去跟施公说明。等楼图一到手，咱们就一同去大破齐星楼！"说罢，两人便收拾好行装上路了。

且说这天万君召回到了施仕伦等人所在的客栈中，把如何请来了飞云子的事跟施仕伦和黄天霸等人说了。天霸一听飞云子已经到了琅琊山中，只等待时机盗取楼图，顿时又按捺不住了，跟施仕伦说："大人，咱们到这琅琊山也不少日子了，飞云子也不知道还得多长时间才能把楼图取回来。现在既然飞云子已经站在咱们这边，我看咱几个不如再去一趟齐星楼，既然齐星楼是飞云子设计建造的，那么只要飞云子能在暗中帮咱几个一把,也许咱们这次就能攻破那些机关呢!"施仕伦一听也觉得有道理,便同意让天霸和人杰再探齐星楼。

再说飞云子回到了琅琊山,先是假意说自己听说黄天霸等人功夫了得,实在放心不下琅琊山,所以特意回来相助。飞云子还朝王朗要了齐星楼的楼图,说要把机关再改建得更厉害些。王朗一见飞云子回来帮助自己对付黄天霸,早就乐得合不拢嘴了,听飞云子说要加强机关,便赶紧回到里屋,要把楼图拿给飞云子。曹勇是个心机很重的人,他见王朗回到里屋去拿楼图,也赶紧跟了进去,拦住王朗说:"大哥,咱这楼图暂时不能拿给飞云子看!你仔细想想,这个飞云子当初本来就不乐意帮咱们偷御杯,后来他又因为不愿招惹施仕伦那帮人,不辞而别;现在咱们明明占了上风,他又突然跑回来说不放心咱们,难道你不觉得奇怪吗?飞云子要是真担心琅琊山的安危,他当初就不会走,就怕他现在回来也不是担心咱们,而是想要拿回楼图去帮助施仕伦他们。"王朗觉得曹勇的话有道理,立刻对飞云子心生怀疑。之后飞云子几次朝王朗要楼图,都被王朗左推右推地耽搁了下来。

这天王朗正在齐星楼上和众人闲聊,却忽然有守卫来报告,说黄天霸等人又闯进山寨中了。飞云子一听,知道天霸他们听说自己在琅琊山中,有心计自己做内应。哪知曹勇一听黄天霸又来了,赶紧跟王朗使了个眼色。王朗明白了曹勇的意思,便对飞云子说:"云三哥是这齐星楼的主心骨,我看你就负责把齐星楼的机关全部打开,黄天霸这帮人可就一命呜呼了!"飞云子一听,只好说自己前些日子检修机关的时候,发现有些地方已经损坏,今天还是以防守为主比较妥当。王朗便令众人纷纷埋伏好,只等着黄天霸等人一到,便可杀他个片甲不留。

只说这次天霸和人杰来强攻齐星楼,本以为有飞云子接应,齐星楼的机关便不怎么难对付了。可飞云子却感觉到了王朗对自己的怀疑,为了最终能盗得楼图,只好不动声色地暗暗帮助天霸和人杰。天霸和人杰一到,对齐星楼第一层的机关已经了解了一些,所以并没有什么危险,哪知这齐星楼最厉害的机关全在第二层。这第二层上的乌鸦嘴、长蛇头、恶狗沫三件带毒的暗器天霸都躲过了,却被最后一件金龙爪一爪抓到了身上,不多时人杰也受了伤。飞云子见两人已经支持不住,赶紧从暗道来到天霸身边,此时天霸已经中了金龙爪的剧毒,动弹不得,人杰也是身受重伤。飞云子连忙把天霸扛在肩上,又用手臂把人杰夹在腰间,趁乱把叔侄俩救了出去。

却说天霸所中的金龙爪上的剧毒不是普通的毒药,世上只有一味叫作消除万毒丸的解药能治。张桂兰眼看着自己的丈夫伤势渐渐加重,忽然想起自己的父亲张七曾经提过这个消除万毒丸。桂兰想到此处,赶紧托人捎信给凤凰岭的爹爹,叫他赶快带着解药来琅琊山,若是迟了一点,他女婿的性命就难保了。

张七收到了女儿的消息后丝毫不敢耽搁,日夜兼程赶往琅琊山。哪知一天夜里的时候,忽然听到身后一阵吵嚷,张七回头一看,竟见一伙土匪打扮的朝自己围拢过来。张七一看这情形,一时没忍住笑出了声,对方见他不怕反笑便骂道:"你笑什么笑!还不留下买路财!"张七带着笑说道:"大爷我是强盗祖宗,你说你这小鬼来打劫强盗祖宗,可不可笑?"那人一听这话,气得手提单刀劈头便朝张七砍去。张七不愿跟他耽搁,便说道:"俺张七往沂州琅琊山去有要事要办,改天再来跟你较量!"那人一听这话也停了手,赶忙上前问道:"莫非是去投奔王朗吗?"张七骂他:"你这狗儿子才去投王朗!我前去助我女婿黄天霸!"那人一听立刻下马拜倒说:"老前辈得罪了!我名叫云虎,现在正好有一事相求!"原来云虎自从盗走了楼图,便一路在江南、山东附近打听民情,哪知一路上的百姓都称施仕伦是"施青天",对他非常爱戴。云虎知道自己错怪了施仕伦,但又不好意思亲自献出楼图。哪知今天正好遇见了张七,云虎便把楼图交给了张七,托他把齐星楼楼图交到施仕伦手上。

张七赶到了琅琊山下施仕伦等人的住处之后,给天霸服了解药,又献出了楼图。众人见张七竟然如此机缘巧合地得到了楼图,都纷纷叫好,飞云子见已经得回了楼图,便率领众人轻而易举地攻破了齐星楼,夺回了御杯,擒住了王朗。施仕伦等人押送王朗回到京城复命,将皇上的琥珀夜光杯送回了皇宫之中。康熙龙颜大悦,又将众人一一封赏了一番。

到此为止,清正廉洁的朝廷命官施仕伦,以及黄天霸、张桂兰、关小西、朱光祖、计全、何路通和贺人杰等一群英雄人物的故事就告一段落了。大清朝有了施仕伦这样的好官,从此天下百姓共享清平盛世,王宫内外一片安定祥和。